Yves COURAUD

Nouvelles

Éditions B.O.D

© 2020, Yves Couraud
Edition: BoD-Books on Demand
12/14 rond-point des Champs Elysées,
75008 Paris
Imprimé par Books on Demand GmbH
Norderstedt, Allemagne
ISBN: 9782322192748
Dépôt légal: Janvier 2020

Pour Cécile, Basile et Bertille

Avec amour.

Du même auteur

Poèmes

Les Céciliennes (Les Presses du Lys -1976)
Memora (Les Presses du Lys -1977)
Les Chimères Intérieures (Les Presses du Lys -1979)
Cris d'Horizon (Les Presses du Lys -1979)
Etoiles et Tripôt (La Presse à Epreuves -1982)
Divergences (La Lune Bleue, éditeurs -1986)
Textes Poétiques 1974-2002 (Le Manuscrit - 2002)
Mush, (D'Ici & d'Ailleurs - 2009)
Ecrits poétiques (B.O.D-2019)

Nouvelles

Huit Nouvelles d'Ailleurs (Le Manuscrit - 2001)
Historiettes (B.O.D - 2009)
Échafaudages (B.O.D - 2010)

Romans

Demain Paradis (Éditions du Cavalier Vert-1997)
Une Écriture Américaine (Éditions du Cavalier Vert - 1999)
Cinq Siècles (Éditions du Cavalier Vert - 2001)
Le Guerrier Souriant (Éditions du Cavalier Vert - 2004)
Un jour, le lac (B.O.D - 2013)
Le sourire de la colline (B.O.D-2018)

Théâtre *(avec Arnaud DEPARNAY)*

Transhumances (TheBookEdition - 2010)

HISTORIETTES

Candice, Raoul et la chambre 13.

Candice.

Candice était laide, et ça lui allait bien. Elle habitait une petite rue adjacente au commissariat central de la grande avenue, non loin de l'hôpital où elle travaillait. Tous les matins, en passant devant la grille qui protégeait l'entrée du commissariat, elle crachait sur la vitre, visant avec suffisamment de dextérité pour que le paquet de salive passe entre les mailles d'acier et aille s'écraser sur le verre propre. Elle procédait rapidement, en marchant, sans ralentir son pas, l'air absorbé au milieu de la foule des malheureux qui allaient pointer. A l'angle du trottoir, elle tournait sur la gauche, gardant le même rythme soutenu, et continuait ainsi sur environ trois cents mètres, avant de pénétrer dans l'enceinte de l'hôpital. Depuis trente ans qu'elle exerçait dans cet établissement, elle n'avait jamais connu de moments de découragement ou de déprime, fréquents l'hiver, quand les patients âgés se mettaient à partir dès les premiers froids, largement avant Noël et ses guirlandes. Non, Candice était de cette race rude et dure au mal, elle lavait, piquait et pansait sans état d'âme, de façon précise et professionnelle, sans un sourire, sans une colère, seulement le geste juste, mille fois répété et mille fois réussi. Les malades redoutaient sa présence froide et son regard sévère mais appréciaient sa rapidité et son efficacité. Ses collègues l'évitaient, supportant avec peine la dissymétrie de son visage et ses traits disgracieux. Candice se moquait éperdument d'être laide car elle méprisait la beauté, la douceur et toutes ces sortes de choses qui font que la vie vaut d'être vécu. Mais cette vie là ne l'intéressait pas. Au sucre des instants tendres, elle préférait le spasme de la mort qui vient, la seconde douloureuse et longue de l'avant décès, quand l'agonisant cherche son air et un regard de compassion. Elle n'aimait ni les hommes, ni les femmes, les femmes parce qu'elles se trouvaient belles même vieilles, les hommes à cause de leur morgue de mâle dominant, à l'image de ces policiers du commissariat central qui reluquaient les passantes de la rue en proposant des commentaires salaces à leurs collègues. Candice ne soignait pas ses semblables avec amour mais avec ironie, se délectant de la faiblesse de ces petits êtres en souffrance. Ce jour là, après avoir mis sous perfusion un splendide traumatisé crânien et arraché sans douceur les pansements d'une chirurgie esthétique blanche et grasse, elle fila vers la chambre treize. Un nouvel entré, le genre silencieux qui gisait sur le lit, les bras en croix. Un cas inexplicable, d'après l'interne de service. Le type était arrivé, les deux bras à l'équerre, en marchant comme un automate vers l'accueil. La seule chose qu'il avait dit, c'est « bloqué », « bloqué », « bloqué »... On l'avait mis dans la chambre treize et on attendait l'avis du psychiatre, l'examen physique n'ayant rien révélé d'anormal. Elle détailla son patient de la tête aux pieds, sentant peser sur elle un regard qu'elle ressentit comme une brûlure.

***

Raoul.

J'avais pourtant bien commencé la journée. Réveillé tard vers les dix heures, l'œuf à la coque et les toasts grillés avec du bacon semblaient issus du paradis dont le curé parle à l'église. J'y vais rarement d'ailleurs, que pour les enterrements, et justement la veille, j'avais emmené un vieux copain vers ces rivages soi disant édéniques où on se la coule douce pour l'éternité. Il était mort d'une rage de dent, ou plutôt du traitement maison qu'il s'était administré, un litre de cognac, du vieux, délicieux et ambré avec des arômes de café. Son cœur n'a pas supporté le mélange avec les comprimés antalgiques que le dentiste lui avait prescrit. On meurt souvent de façon idiote mais lui avait vraiment fait fort. Ça m'a peiné de voir sa femme en pleurs, elle paraissait sincère mais quelque part je me suis demandé s'il ne l'avait pas fait exprès. Il était triste Jojo, surtout depuis que son médecin lui avait annoncé que son traitement pour le cœur, encore lui, le rendrait impuissant. Ne plus bander ou mourir, il a choisi. Je suis rentré chez moi avec une envie de cognac, cet enterrement m'avait filé le bourdon, mais en arrivant j'ai préféré avaler deux bières car je suis d'un naturel prudent, que je n'ai pas mal aux dents et que mes érections vont bien. Après, j'ai dormi jusqu'à ce matin et l'œuf à la coque. Rassasié et plutôt de bonne humeur, j'ai évité d'allumer la radio, ses kilotonnes de mauvaises nouvelles m'auraient gâché la journée et j'avais envie de rire, de voir du monde, bref d'exister normalement comme tout citadin croit qu'il existe. Un tour au supermarché, une dragouille rapide à la caissière et quelques kilomètres à traîner dans cette ville, l'œil au ras des vitrines et la poche vide. Car depuis la grande dépression économique, on est quelques-uns uns comme çà, des envies dans la tête et pas grand chose pour les payer. Mais je ne plains pas, j'ai de quoi manger, je n'ai pas froid dans cette maison achetée au temps du grand bonheur, du temps où les journaux me payaient grassement les articles que j'écrivais alors comme journaliste en free-lance, du temps surtout où je rentrais le soir pour retrouver ma femme. C'était avant qu'elle parte. Avec Jojo, mon vieux copain. Je passe justement devant l'église d'hier. je ne sais pas pourquoi, mais j'entre, surtout qu'il fait froid dehors malgré un soleil qui insiste en voulant nous faire croire à l'arrivée du printemps. Dedans c'est d'abord sombre, puis on s'habitue, et en quelques minutes, tous les cierges allumés se la jouent façon sunlight. On y voit bien, j'avance vers l'autel encore garni des fleurs de Jojo. Je regarde la croix sur laquelle un jésus mélancolique semble trouver le temps très long. Je me dis que sa position ne doit pas être très confortable, les bras tendus de chaque côté, comme ça, impossible pour lui de se détendre ou de les lever, cloué comme il est. A le voir, j'ai soudain envie de m'étirer, longuement, avec force, les doigts bien tendus vers le ciel. C'est quand je ramène mon bras vers le sol que je comprends qu'il y a un problème. Il est bloqué à l'horizontale. J'essaie avec l'autre qui lui reste à la verticale. Bloqué, je suis bloqué. Je cours vers la sortie, bousculant au passage deux bonnes sœurs à l'air outré. Je cours, les bras bloqués, je cours dans la rue, vers l'hôpital, je cours, j'ai l'impression de plus sentir mes mains. Enfin, la porte blanche, ouverte sur un hall où des infirmières interloquées me dévisagent. J'ai cru voir un type, un type en blanc qui riait en me voyant. Et j'ai hurlé « bloqué, bloqué, bloqué ». On m'a mis dans une chambre, sur le lit çà n'était pas facile avec mes bras. Au bout d'un moment, elle est entrée. Bon sang qu'elle était moche, si moche que j'en ai oublié mes bras. Je l'ai regardée comme on regarde la mer, un soir d'orage, cherchant à deviner toutes les vaguelettes qui explosent leurs humeurs sur la crête tranchante des rochers, je l'ai regardée pour trouver dans un coin de visage quelque chose qui me rappelle une femme, et dans son infinie laideur, je l'ai trouvé. Belle.

***

La chambre 13.

Des murs qui parlent, ça vous étonne ? Et des murs qui pensent alors ? Je suis née quand ils ont construit l'hôpital, le premier, vers 1870, et mes murs se souviennent des cris des aliénés qu'on ligotait ici, à même le sol, avec de grosses cordes de chanvre. Plus tard, j'ai accueilli des blessés de la grande guerre à la gueule ravagée par la mitraille ou les éclats d'obus. Chaque centimètre carré de mes briques s'est rempli des plaintes, des peurs ou des cris des malheureux parqués deux par deux sur des lits de bois dur, les yeux encore plein de l'effroi du combat. Les années ont passé, les couches de peinture aussi et finalement je suis devenue une petite chambre somme toute assez coquette, nettoyée journellement à l'eau de javel, équipée d'appareils compliqués et d'une couche confortable. Depuis peu, j'ai même la télé, ce qui permet à mes nouveaux malades de mourir doucement sans y penser. J'ai connu des générations de médecins et d'infirmières, des cyniques et des compatissants, des tendres et des durs. J'ai connu aussi des milliers de malades, de blessés, des miraculés et des mourants. Certains ont refusé de rentrer, trop superstitieux pour supporter l'idée de se retrouver dans une chambre portant le numéro 13, ça m'a bien fait rire, moi qui aie tout fait pour que mes patients s'en sortent au mieux. Mes bons vieux murs leur soufflaient toute l'énergie dont ils étaient capables, avec amour et constance, et moi je m'arrangeai pour être la plus douce et la plus accueillante possible. Mais que voulez-vous, les hommes sont comme ça, prêts à faire la guerre pour des causes inutiles mais terrorisés par un numéro dont on leur a dit qu'il portait malheur. Je n'ai jamais insisté, leur laissant le choix de leur destin. Je crois que somme toute, j'ai été une bonne chambre, remplissant ma mission de mon mieux, ne m'étonnant de rien, simplement fidèle au poste. Et puis ce type est arrivé, avec ses bras en forme d'équerre et cette incroyable intensité qu'il portait en lui. Des comme ça, je n'en avais jamais vu, aussi rempli d'amour à donner, aussi désemparé par ce qui lui arrivait, aussi dénudé dans son âme et prêt à laisser tomber ses croyances anciennes, ses habitudes, ses façons de penser. Un homme en renaissance. Bloqué, mais en mouvement. Et puis surtout, quand elle est entrée, j'ai cru voir de la lumière autour de sa tête, une lumière d'un éclat tel que les vieux rideaux verts des fenêtres en ont blanchi d'un coup. Je la connaissais, cette Candice. froide, hautaine, terriblement efficace, le genre blindée contre toutes les souffrances et toutes les peurs, imperméable aux sourires et aux joies, à la tristesse et aux drames. Inhumaine, ou plutôt surhumaine, dégagée de toutes les contingences habituelles. Il l'a regardé comme elle n'avait jamais été regardée, et d'un coup elle a souri, oui, d'un sourire splendide qui l'a rendu vibrante d'une beauté étrange et absolue. J'ai senti les murs trembler dans leurs fondations quand se penchant sur lui, elle lui a posé sur le front une sorte de baiser caresse qui s'est envolé tout bleu pour se coller au plafond. Il s'est relevé d'un coup, et de son bras devenu souple il l'a attirée à lui sans rien dire, lui prenant de sa main le bout de ses doigts qu'il porte à sa bouche. Ils sortent.

Communion mortelle

Même la gnôle est fade. Une eau de vie pourtant fringante, distillée l'année passée chez le cousin bouilleur de crus. Un des rares à posséder encore l'autorisation d'allumer l'alambic qu'il tient de son père qui la tenait lui-même de son père... un joyau du patrimoine local démoli par les lois de ceux qui ne boivent pas de gnôle. Des fins palais au cul serré, des technocrates férus de santé publique qui par ailleurs inondent les foyers de pilules en tout genre, toutes plus dangereuses les unes que les autres.
Mais là aujourd'hui, elle n'a pas de goût, de l'eau oui, mais pas de vie. Le Bernard se lève lourdement, ses mains violacées écrasant la toile cirée de tout son poids, mais il se rassoit, incapable de se porter.
- *Cré dieu, qu'é qu'il m'arrive?*
Il hurle le nom de sa femme, une Eugénie Collard épousée soixante ans plus tôt à l'église de Fontenelle et sourde comme un pot. Il se racle la gorge pour la rappeler plus fort, mais les sons s'étranglent dans sa bouche, englués dans une drôle de lenteur qu'il sent l'envahir. Il se cale dans le fauteuil pour se reprendre, il ne comprend pas, lui dont la santé n'a jamais vacillé en quatre vingt-deux ans d'une existence coulée entre pâtures et bêtes, au frais comme au chaud; un rhume bien sûr, mais rare et vite jugulé par une tisane de thym et un bon grog. Une langueur de mauvais augure

s'insinue dans le profond de ses chairs comme la pluie aigrelette de l'automne, quand la bise vient du nord et qu'elle vous coupe la chique en deux morceaux glacés. Le Bernard pousse un gros soupir qu'il n'entend pas, un soupir de l'intérieur, très loin, quand tout devient brumeux. C'est presque doux, même pas douloureux, mais la vérité de sa mort lui éclate dans le crâne comme une évidence. Il a le temps d'entrevoir Eugénie qui le regarde la lèvre pendante, ses quelques chicots jaunis qui tremblent de trouille. Et il ne voit plus rien.

***

Le genou souple pour un homme d'église, il se relève, défroissant machinalement sa chasuble blanche d'un geste nerveux de la main. Il détaille la figure de bois décharné du vieux christ sur sa croix et lui sourit.
- *Encore un que tu vas accueillir, seigneur, fais-lui bonne figure. Alcoolique, rustre mais brave homme. Et du remords avec çà; il m'a avoué ses douze tromperies d'avec l'Eugénie, des larmes dans les yeux et le cœur sincère; pardonne-lui, seigneur, elle est vraiment si laide...*
Fier de sa plaidoirie en faveur du Bernard, le curé, Antoine Lelouche né près de Maubeuge voici cinquante ans, sort de la petite église et file vers son presbytère. Un magnifique bœuf en daube l'y attend, mitonné avec passion par

sa gouvernante, une vieille fille aux yeux de chat qui veille sur lui avec jalousie. En la regardant le servir, il songe un instant qu'il aurait pu en faire sa maîtresse, mais il préfère le sourire du jésus à l'angle aigu des fesses de la Rolande; et puis c'est moins dangereux. Saint Augustin, son plus fidèle ami des moments de solitude, avait fini par le convaincre de la terrible menace que représente l'attirance envers les femmes. Et les pensées lascives qui l'assaillaient, œuvre du malin sans doute, il les chassait avec toute la force mentale dont il était capable. Quelques-unes unes de ses paroissiennes, les dimanches d'été brûlants, laissaient deviner sous leurs robes légères des paradis bien peu catholiques. Ces jours là, il transpirait sur la chaire, la verge gonflée sous la bure, le cerveau liquéfié par leurs formes; ces jours là dure était la lutte, surtout quand l'une d'entre elles, après l'office, souhaitait se confesser. Derrière les grilles du confessionnal, que d'histoires humides de vie intime, répandues à mots bas chuchotés, de ces mots prononcés les lèvres mi-closes et susurrés d'une voix gourmande et repentie, presque à plaisir. Il aurait tant aimé, pour les punir, plutôt qu'un pater-noster, leur donner la fessée... Mais toujours, il résistait, appelant Augustin pour l'aider à tenir.

Le bœuf est exquis, fondant sous la langue, parfumé généreusement de thym, de sauge et d'oignons. Toute maigre mais cuisinière de haut vol, la Rolande n'était pas complètement perdue en matière de volupté et un frémissement inhabituel parcourt l'échine du prêtre quand il la détaille…Est-ce l'effet du vin rouge ou la chaleur du poêle en fonte, un Godin fabriqué non loin d'ici, à Guise, et qui libère une douceur bienfaisante. Le curé se lève, souriant d'un air paternel à sa gouvernante, comme pour la remercier du repas et se dirige vers la pièce annexe à sa chambre qui lui sert de bureau. Que d'heures il a passées ici, assis à sa table de travail, relisant et annotant sans cesse les saintes écritures ou rédigeant des mots charitables à celles de ses ouailles qui souffraient d'un deuil ou de maladie. Face à la misère du monde et à sa solitude, ce petit cabinet lui semblait le lieu idéal pour se ressourcer et retrouver sa paix intérieure dans les moments de doute. Mais aujourd'hui, il se sent de bonne humeur, presque joyeux malgré la mort du Bernard. Il ouvre son carnet de moleskine noire et d'une écriture fine et serrée, il inscrit :
« *Mardi 7 janvier. Premier mort de l'année, le Bernard. Ivrogne à ses heures mais bon bougre. Messe d'enterrement prévue vendredi. Bœuf en daube excellent mais bourgogne un peu fort. Temps froid, la neige ne tardera*

plus. »
Il referme le carnet et s'installe confortablement dans le fauteuil de cuir que les paroissiens lui ont offert pour ses vingt ans de ministère au village et il aspire goulûment la première bouffée de la pipe d'écume. Fermant les yeux sur la fumée bleuâtre, il n'entend plus que le tintement des assiettes dans l'évier de pierre bleue et la voix monocorde de la Rolande toute à sa vaisselle, qui récite pieusement sa prière du soir.

***

Le facteur frappe trois fois sur le volet fermé. Puis une autre, et encore une autre. Bizarre, pense-t-il; à cette heure ils devraient être levés. Il insiste quelques minutes et se décide à prévenir le maire qui arrive rapidement, l'air soucieux.
-Tu les as appelés ?
-Non, monsieur le maire, j'ai frappé au volet, comme d'habitude.
Le maire cogne les planches de bois peintes en vert wagon et comme rien ne se produit il appelle plusieurs fois :
- Camille, tu m'entends ? Oh Camille !
-Y a un problème, à cette heure ils sont déjà levés depuis longtemps. Dis donc, facteur, tu pourrais pas aller chercher le garde champêtre ? Il est au cimetière à creuser la

tombe du Bernard. Avec ton vélo t'iras plus vite que moi.
-J'y vais, monsieur le maire.
Et il appuie de toutes ses forces sur les pédales, farouchement déterminé à faire le plus vite possible.
Dix minutes plus tard, les deux hommes reviennent en courant presque, le garde tenant un lourd pied de biche à la main.
-Vas-y, fais sauter la serrure, je crains le pire, lance le maire à l'adresse de l'employé communal.
Le bois de la vieille porte résiste à peine et craque sourdement. L'un après l'autre, le maire en tête, ils entrent dans la cuisine des époux Chaudier, installés dans le village depuis des décennies. Tandis que le facteur ouvre les fenêtres et les volets, il entend le juron du maire. *-Ah nom de dieu y sont morts tous les deux.*
Et de fait, les deux vieux reposent dans le lit, l'air étonné, presque stupide.
-Les pauvres gens murmure le garde, décidément l'époque est mauvaise. Hier le Bernard, aujourd'hui les Chaudier. Vous trouvez pas çà drôle, vous Monsieur le maire
-Drôle n'est pas le mot, mais vrai, trois morts en deux jours, c'est beaucoup.
Il se dirige vers le téléphone pour prévenir les enfants qui vivent en ville, à Hirson, vingt

kilomètres au nord, tout près de la frontière belge.

***

L'estaminet ne désemplit pas, à la grande joie de son propriétaire surnommé « loin du ciel ». Du haut de son un mètre cinquante, il s'affaire au comptoir, tirant des litres de bière ou jouant de la bouteille de rouge. Le canon de rouge : tout un art. Pour le servir, une torsion rapide du poignet et un jet violet jaillit dans les verres, sans qu'une seule goutte ne tache le zinc. Un geste répété cent fois dans la journée avec la même précision de tireur d'élite. Les conversations tournent autour de ces trois morts brutales et rapprochées, on plaint les vieux, on plaint leurs enfants, on plaint les chiens restés tout seuls et au cinquième verre, on parle héritage…Les yeux s'enflamment et les voix se font presque silencieuses : avaient-ils des sous ces vieux là, et surtout où les cachaient-ils ? Bref, la vie reprend le dessus comme dit « loin du ciel ». Et puis ils étaient vieux, surtout qu'ils n'avaient pas dû souffrir…
La journée du jeudi passe à la vitesse d'une lampée de cidre, et l'ombre glacée de ce soir de janvier enveloppe le village dès cinq heures. Dans les rues vides et froides, l'on voit

soudain se glisser un fantôme maigrelet qui ouvre en éternuant la porte du bistrot.
-*Tiens, la Rolande !* s'exclame « loin du ciel, *qu'est-cé t'y qui t 'amène ?*
-*Sers-moi un grog, et brûlant, je suis toute gelée.*
-*Monsieur le curé va bien ? Y va avoir du travail ces temps-ci…*
-*Ne m'en parle pas. Il est tout retourné. Trois enterrements en même temps tu te rends compte ? Avec çà, les familles veulent des vraies messes, bien longues…ah, je le plains bien…tous ces soucis.*
-*Remarque, la Rolande, c'est quand même son boulot à ton curé. Faut pas non plus qu'y se plaigne. Si y avait pu de morts, y serait comme qui dirait au chômage, pas vrai ?*
Et « loin du ciel » part d'un grand rire gras en se frappant la panse…lui qui est républicain et fier de l'être ne loupe pas une occasion de bouffer du curé, encore que comme il l'affirmait souvent, « *c'est guère digeste ce genre de citoyen* » !
- *Tu te moques, tu te moques, mécréant va ! on verra bien si tu t'en passeras du curé quand tu sentiras ta dernière heure. Avec tous tes péchés, çà m'étonnerait !*
-*Mes péchés ? quels péchés ? va raconter tes salades ailleurs. Ici on est en république !*
-*Ça n'empêche, ton grog, c'est de l'eau !*
Et la Rolande sort, l'air pincé, sous les

quolibets anticléricaux de « loin du ciel ».

***

Appuyé sur le rail de sécurité tranchant comme un rasoir, je contemple la Honda 810 Speed. Ici, au Tourist Trophy, sur l'Ile de Man, même les meilleurs pilotes du monde se refusent aujourd'hui à risquer leur vie sur ces routes de campagne glissantes et truffées de bosses où chaque virage est bordé de poteaux qui n'attendent qu'une sortie de route pour vous entrer dans le crâne que la moto c'est dangereux. Un tour complet du circuit, une soixantaine de kilomètres et près de deux cent virages, peut se négocier à plus de cent soixante kilomètres à l'heure de moyenne avec mon antiquité. Autant dire, un tour d'enfer. Pour espérer faire un bon chrono et ne pas passer pour le poireau de l'épreuve, il faut tourner longtemps et par tous les temps. Car ici, on peut partir sous le soleil et se prendre brutalement une nappe de brouillard épaisse comme le cerveau d'un flic anglais, gentiment étalée sur une route devenue soudain grasse et luisante. Ici, le temps change à chaque tour et les repères sont impossibles à fixer. On doit piloter aux tripes et à la mémoire, surtout à la mémoire. Le départ des stands, dans les faubourgs de Douglas, la capitale, et c'est tout de suite la descente de Bray Hill, saignante et pentue. A fond de cinquième, le quatre cylindres envoie la sauce en grondant sourdement, la moto semble légère, guidée par les minuscules bosses du revêtement qui la transforme en danseuse affolée. A Quarter Bridge, on freine au maximum pour attaquer le virage en dévers; les suspensions manifestent par des coups de raquettes qui tétanisent les reins. Ne pas y penser et remettre les gaz en grand pour le bout droit qui suit. Dans la courbe de Glen Vine, je sens la roue arrière qui tressaute sur cette vacherie de tôle ondulée qui tapisse la route juste avant la descente de Crosby qui s'enfile plein pot. Après c'est Ballacraine, un virage lent mais vicieux bordé par un hôtel ancien, construit avec du granit tout ce qu'il y a de plus dur. Une enfilade incessante de droites et gauches qu'on aborde en aveugle à plus de cent quatre vingts, le souffle coupé et le cœur en chaleur. Au milieu du circuit pointe Ballaugh Bridge, un pont de pierre en dos d'âne où la moto décolle des deux roues et qui s'ouvre sur la ligne droite de Sulby, enquillée à fond. La moto saute dans tous les sens, je dois serrer le guidon comme un damné tout en maintenant fermement les genoux sur les flancs du réservoir. J'ai déjà du perdre au moins deux kilos. Les kilomètres défilent malgré tout jusqu'aux quatre courbes de La Vérandah qu'on négocie à plus de deux cents, le nez dans la bulle, en frôlant les poteaux de béton qui me séparent d'un précipice de trois cents mètres. L'humidité et le froid crispent les muscles, çà devient très dur de rester concentré, surtout avec le choc causé par le passage sur les rails du petit train touristique, en plein dans la courbe de Bungalow. Descente rapide vers l'Hôtel Keppel, quelques virages serrés avant l'épingle de Governor'Bridge, je viens de boucler un tour, enfin. Je roule au ralenti vers les stands où m'attend Trevor, un anglais à l'accent cookney qui a passé les trois quarts de sa vie à ausculter des moteurs sur tous les circuits de la planète. C'est lui qui a réglé ma machine et je n'ai pu que constater son efficacité: la moto est parfaite, souple à bas régime et puissante dans les tours. Un régal à piloter. Il m'apostrophe en souriant, une feuille de temps à la main.

– *Tu as tourné dans le « ton [1] », à plus de cent milles de moyenne !*
– *Vraiment ? C'est fabuleux çà Trevor ! On boit une bière pour fêter çà!*

Et nous voilà parti vers le pub dont les murs sont tapissés des photos des plus grands pilotes ayant remporté le Tourist Trophy, la course la plus dangereuse du monde de la moto. Tout en haut du mur, en noir et blanc, la photo du héros de l'île, J. Dunlop qui remporta toute une série de victoires avant de finir ses jours écrasé par sa passion. Juste en dessous, le sourire du grand Mike Hailwood, un génie du pilotage avec un mépris absolu du danger, qui pour l'anecdote, fut payé une année entière à ne rien faire par la firme Honda pour ne pas courir dans une autre écurie. Des clichés de toutes tailles à la gloire d'Agostini, multiple champion du monde ou de Phil Read, un anglais teigneux au style d'une finesse fantastique et de tant d'autres, illustres ou inconnus, tous habités d'une seule idée, gagner au TT.

Le nez dans la mousse, Trevor me demande combien de temps je vais rester sur l'île de Man.

- *Ma dulcinée est en voyage pour trois semaines, je vais rester un moment histoire de filer une déprime à ton chronomètre!*
- *Ah, frenchie, toujours aussi frimeur ! Et ton boulot, çà donne toujours ?*
- *Je me repose, Trevor. Mon dernier reportage[2] a bien failli me coûter la vie, et là j'aspire à la tranquillité, je veux me faire plaisir. C'est pour çà que je suis ici.*
- *Tranquille ? Tu m'inquiètes mon gars. Ça fait vingt ans qu'on se connaît et je t'ai jamais vu tranquille...*
- *Je dois vieillir. Ouais, c'est çà, je vieillis...*
- *En tout cas, tu vieillis pas sur la piste!*

Et Trevor ponctue sa déclaration d'une grande

lampée de Guiness qui lui laisse des traces blanches sur les lèvres. Je vais lui répondre que tous les pilotes anglais sont des pieds froids quand la sonnerie de mon portable me coupe net. Je décroche, un peu énervé quand même qu'on puisse m'appeler ici, à des centaines de kilomètres de la France.
- *Oui ?*
- *Raoul, bonjour, c'est Pierre Grandin au téléphone. Tu te souviens. Je suis un cousin lointain de ta femme, on s'est rencontré il y a deux ans, aux cent ans du grand-père Fournier...*

Je mets quatre vingt quatre secondes à relier le tout. C'est vrai que je le connais, ce type. Sympathique d'ailleurs, bien ancré dans sa terre là bas en Thiérache. Mais pourquoi lui ?
- *Ça doit t'étonner de m'entendre. Mais voilà, j'ai un problème, un gros.*
- *Un problème ? Et qu'est-ce que je peux faire pour toi ?*
- *Tu sais que je suis maire de mon village... et depuis quinze jours, les vieux meurent, l'un après l'autre, sans raison...*
- *Des vieux ? C'est normal, non ? Surtout l'hiver.*
- *Deux, trois, je dis pas... mais là on est en est à dix-sept.*
- *C'est une épidémie ?*
- *Rigole pas avec çà, Raoul. Les gendarmes ont enquêté, ils disent que ce sont des morts*

normales. Mais moi, je sens bien que tout çà n'est pas net...
- *Et tu attends quoi de moi, Pierre.*
- *Je me suis dit que comme t'étais journaliste, tu sais, tes enquêtes, les trucs bizarres que tu as résolus... tu pourrais pas venir ici pour voir, pour chercher quelque chose, pour m'aider...*

La voix du cousin a changé. Une angoisse sourde perce sous ses mots, trahie par des trémolos inhabituels. Ce type semble perdu, naviguant brutalement sur les paquets de mer en furie de sa raison mise à l'épreuve, à la frontière d'un inconnu qui le fait trembler. Ma décision est prise. Je regarde Trévor qui a compris que je devais partir. Il acquiesce d'un mouvement de tête.
- *C'est bon Pierre, j'arriverai demain soir.*
- *Merci, merci. J'étais sûr que tu dirais oui.*

Il a raccroché. Je passe machinalement ma main sur le haut de mon front, à droite, là où des fourmillements bientôt douloureux m'annoncent la perte de ma tranquillité.
- *T'inquiète pas pour la moto, je m'en occupe.*
- *Écoute Trevor, je croyais vraiment pouvoir rester quelques temps. Je suis désolé.*

Je raconte l'histoire au cookney dont aucune ride ne cille. Quand j'ai terminé, il sourit en coin, une lueur de tristesse dans l'œil.
- *Quand je disais que tu ne pouvais pas*

rester tranquille. C'est ta vie, mon gars. Repasse quand tu veux. J'aurai fini de préparer la G50(3), on se tirera une bourre pour fêter çà.
Les bières qui suivent finissent par m'apaiser et l'on se quitte devant le pub, sous une petite pluie froide qui s'est invitée sans demander la permission à quiconque. Elle m'accompagne tout au long de la route qui m'emmène à l'aéroport et j'ai le temps de repenser à ce que m'a dit Pierre au téléphone. Et si somme toute, il n'y avait vraiment que des morts naturelles ?

***

Antoine Lelouche hésite à se saisir du carnet noir. Noir comme le diable pense-t-il. Il a l'impression de ne plus y écrire que le compte-rendu des morts de ses paroissiens. Dix-sept à ce jour, vingt-trois janvier. Il a maigri, oubliant de s'alimenter pour se rendre au chevet de ces vieux décédés d'on ne sait quoi. Tous morts brutalement sans signes avant-coureurs, tous à peu près en bonne santé, tous âgés de plus de soixante-dix ans. Quel sens donner à cette interminable liste, pourquoi dieu voudrait-il cela ? Il a relu l'ecclésiaste, espérant y trouver il ne sait quelle raison divine, quelle absolue nécessité à ces fins de vie qu'il ne comprend pas. Hélas, à part un long propos sur la vanité, la vanité des vanités de l'existence terrestre, il n'a rien retiré de sa lecture. On frappe à la porte du bureau, deux coups brefs et légers qu'il reconnaît entre tous; c'est la Rolande.

- Monsieur le curé, quelqu'un demande à vous voir, je ne le connais pas.

- Mon dieu, Rolande, il existe donc des gens que tu ne connaisses pas ? Et bien fais le entrer.

La Rolande s'efface devant un homme d'une cinquantaine d'années, les cheveux drus et l'air tonique. Il s'avance, ouvert et souriant en tendant la main.

- Raoul Molotov. Journaliste.

- Enchanté, monsieur Molotov. Que me vaut le plaisir de votre visite ? Je parierais que ce n'est pas une question de religion qui vous amène ici ce soir ?

- Non, en effet. Ma religion est très spéciale et j'aurais peur de vous choquer en vous en parlant, monsieur le curé. Non, ce qui m'amène, c'est cette série de morts dans votre village. En réalité, j'ai reçu un coup de téléphone de Pierre Grandin, le maire, qui m'a demandé d'enquêter.

- D'enquêter ? S'agirait-il de meurtres? La gendarmerie et le médecin ont conclu à des morts naturelles.

- Je sais tout cela, monsieur le curé, mais Pierre est très troublé, très affecté par tout cela. Il n'y trouve aucune explication logique et connaissant mon attirance pour les

phénomènes étranges et les faits bizarres, il a pensé que je pourrais aider à éclaircir la situation.
- Vous êtes journaliste... quelle sorte de journaliste ?
- J'enquête en free-lance pour des revues qui me le demandent, sur des sujets complexes, inexplicables dont aucun confrère ne désire s'occuper.
- Un bon samaritain en somme...
- Non, seulement un journaliste en quête de vérités. De ces vérités trop énormes qui effraient tout le monde. Et j'ajoute qu'on me paye très bien pour ce que je fais.
- Pierre vous paye ?
- Non, je suis là gratuitement. En vacances. J'ai accepté de l'aider uniquement parce qu'il en avait besoin et que je n'ai rien à faire dans les deux ou trois semaines qui viennent.
- Par où allez-vous commencer ?
- Je vais m'imprégner du village, de son atmosphère, de ses gens. Les lieux amènent souvent des réponses aux questions que l'on se pose. Les lieux et les hommes qui les habitent...
- Et votre visite de ce soir ?
- J'ai pensé à vous monsieur le curé, parce que vous êtes... en première ligne, oui, on peut dire cela. Vous connaissiez bien tous ces pauvres vieux, leurs petits et grands secrets. N'avez rien remarqué ces derniers temps ?

Une réflexion, une anomalie dans le comportement de l'un d'entre eux...
- Vous savez, monsieur Molotov, ici c'est la campagne. Ces gens me confient leurs secrets comme vous dites, mais une partie seulement. La confiance qu'ils me donnent est souvent proportionnelle à l'intérêt qu'ils peuvent en retirer... et je ne puis promettre le paradis de façon absolue, je ne puis que l'espérer pour eux. Leur foi est plus une garantie qu'autre chose, une sorte de laisser-passer céleste au cas ou...
- Vous me semblez bien désabusé pour un homme d'église.
- Désabusé, non. Découragé, oui. Quel sens donner à ces morts ?
- La mort n'a pas de sens, monsieur le curé. Tout au plus est-elle une direction. Une direction inéluctable quel que soit le chemin qu'on prenne. Les croyances, les doutes, les peurs, rien n'entrave notre marche vers elle. C'est le chemin qu'on peut choisir, pas le but.
- Vous philosophez monsieur Molotov, moi j'essai d'être dans ce monde, au plus près de ces gens dont certains croient sincèrement au paradis.
- Avec le sentiment d'être utile ?
- Certainement oui. Mais devant ce qui arrive aujourd'hui, je suis bien désarmé et bien inutile.

-Peut-être accordez-vous trop d'importance à ce que vous considérez comme votre mission sur terre ? Prenez un peu de recul monsieur le curé, il y a forcément une cause à ces morts. Et je la découvrirai...
- Ma mission comme vous dites, c'est ma vie. On n'est pas curé par hasard vous savez... mais cessons là cette discussion et prenons un peu de recul, justement. Voulez-vous un porto monsieur Molotov, un vintage de grande classe.
- Vous avez raison. Un porto ne peut que nous faire du bien, nous réchauffer l'âme et le cœur et même nous faire sourire.
On frappe légèrement à la porte et la Rolande entre comme par enchantement, deux verres et une bouteille sur un plateau. Sans prononcer le moindre mot, elle remplit lentement les verres d'un rubis sombre, presque huileux.
- Merci Rolande, c'est parfait, comme toujours...
- De rien monsieur le curé.
Elle sort, glissant en silence sur le pavé rouge du bureau.
- C'est un miracle, monsieur le curé. Vous me parlez d'un porto, et presque au même instant, ce porto apparaît.
- Vous savez, vous êtes un peu dans la maison des miracles mais là, çà n'a rien de miraculeux. Rolande est à mon service depuis bien des années. Elle connaît mes habitudes...

- Rassurez-vous, un porto de cette qualité est une bonne habitude, monsieur le curé. Mais je dois vous laisser, on m'attend chez Pierre pour souper et je ne voudrais pas le faire attendre. Encore merci pour cette conversation, monsieur le curé, et pour le porto.
-Revenez quand vous le souhaitez, monsieur Molotov, j'apprécie les mécréants de votre genre. A bientôt j'espère.

***

Je sors de chez le curé avec l'idée que cet homme là ne sait plus vraiment où il en est. Sa pâleur m'a effrayé tout à l'heure et la moiteur de sa main presque écœuré. Il commence à douter de tout et un homme d'église qui doute, çà devient rapidement un client pour le cimetière. Il m'est sympathique malgré tout et j'ai envie de l'aider. Les rues du village sont balayées par un petit vent aigrelet qui me pousse à entrer dans la salle surchauffée du café de la place. Quelques habitués tournent un œil morve vers moi. Visiblement les étrangers ne sont pas les bienvenus ici.

- Et pour monsieur, ce sera quoi ?

- Un cognac s'il vous plaît.

-J'ai pas de cognac. Mais si vous voulez de la forte, j'ai de l'eau de vie de cidre...elle est faite ici, vous m'en direz des nouvelles.

Je n'ai pas le temps de répondre que déjà le patron a sorti une bouteille sans étiquette de dessous le comptoir. Il pose un petit verre cerclé d'une fine ligne dorée et le remplit à ras bord, sans qu'une seule goutte ne tombe. Puis, méthodiquement il s'en sert un et le lève dans ma direction.

-Et ben à la votre.

-Merci.

La première gorgée m'assassine. J'ai bu bien des choses, mais là il faut reconnaître que çà décape. Pourtant le parfum de la pomme éclate à la seconde et commence à m'emplir d'une chaleur pas désagréable.

-Ça change des gnôles de parisien, hein ?

-Je ne suis pas parisien, monsieur. Mais c'est drôlement bon. Bon et fort.

-Tu m'étonnes ! Celle là vient du cousin du Bernard. Il sait la faire, y-a pas de doute ! Pauvre Bernard, d'ailleurs, qu'y est mort y a deux semaines.

C'est le moment pour moi d'en savoir plus. Les cafés sont des endroits où l'information circule mieux que dans toutes les salles de rédaction du monde.

-Mort ? Mort de quoi ?

-On sait pas. Bernard, y buvait pas, ou alors pas beaucoup. Il était en forme, et tranquille avec çà. Il est mort d'un coup, un infractus sans doute.

-Un infarctus, vous voulez dire ?

-Ouais, un truc comme çà. En tout cas, il a pas souffert. L'Eugènie m'a dit, c'est sa femme, qu'il avait l'air bougrement étonné. Tu me diras, on le serait à moins.

-Et il y a eu d'autres morts depuis ?

-Vous êtes de la police, vous, à poser des questions comme çà ?

-Non, je suis journaliste.

-Ah, c'est vous le cousin du maire ?

Les nouvelles vont vite à la campagne. Visiblement tout le monde est au courant de mon arrivée.

-Vous allez écrire un article pour votre journal ? Sur les morts d'ici ? Ah ben, cré dieu, elle est bien bonne celle-là !

-Non, non. Je viens juste essayer d'y voir plus clair. Tous ces morts en si peu de temps, c'est étonnant non ? -Oh vous, je vois venir. Vous penseriez à des meurtres que çà m'étonnerait pas du tout. Mais ici, m'sieur, y-a pas de meurtres, y-a que des vieux qui calanchent parce qu'y sont vieux. On n'est pas des sauvages. En plus, y n'étaient pas bien riches. Alors pourquoi les tuer ?

- Justement, pourquoi ?

-Une autre ? C'est bon pour le cœur et bon pour les vers.

Mon verre se remplit et c'est cul sec que je l'avale. J'ai vraiment chaud maintenant.

- Ben c'est bien vrai, vous êtes pas un parisien vous !

- Merci pour tout, monsieur et à bientôt.

- Quand vous voulez. Et de la gnôle, j'en ai plein la cave, çà manquera pas.

***

J'ai retrouvé la rue glacée. Ma première journée ici va s'achever et je rentre chez Pierre où m'attendent le gîte et le couvert. L'eau de vie aidant, je commence à trouver cette escapade dépaysante et plutôt agréable. Quelques minutes de marche suffisent pour regagner la ferme de Pierre, une longue bâtisse de briques rouges ouvrant sur une cour. L'étable se trouve en face, d'où sort la brume chaude de l'haleine des bêtes. J'y entre, précédé du chien qui jappe en remuant la queue. De là, je pénètre dans la grande cuisine où trônent un évier de pierre bleue et une énorme cuisinière à bois. Le repas que Pierre et sa femme m'ont préparé me laisse vissé sur ma chaise avec l'impression d'avoir ingurgité suffisamment de nourriture pour plusieurs semaines. La discussion tourne autour des événements tragiques de ces derniers jours et Pierre attend de moi que je trouve une solution à tout çà. Il est suspendu à mes lèvres, et quand je lui dis que je n'ai aucune idée de ce qui peut se passer, il semble très déçu.

- Tu as pourtant résolu tant de mystères ! Tu n'as vraiment aucune piste ? Je ne peux pas croire que toutes ces morts soient naturelles.

- Écoute, Pierre, je viens à peine d'arriver, laisse-moi un peu de temps. S'il y a une petite chance de trouver un début d'explication, je la saisirai. je te promets de faire le maximum.

Mes mots l'apaisent un peu. J'en profite pour m'éclipser dans ma chambre et faire le point. Qui est rapide, vu le peu d'informations dont je dispose. Je décide de dormir, vaincu par la fatigue et par l'alcool.

***

Je trouve Pierre la mine défaite, le nez sur un bol de café fumant. Il est à peine huit heures, et j'ai dormi d'un bloc dans le calme absolu de la chambre blanchie. Je me risque :

- *Un souci, Pierre ?*
- *Encore un cette nuit. Le vieux Grosjean. On l'a trouvé ce matin, assis sur un tabouret, le dos au mur de l'étable. Il a du mourir hier soir, vers les sept heures. Il avait l'habitude d'aller fumer une roulée dans son étable vide. A son âge, il n'avait plus de bêtes. Nom de dieu, quand est-ce que tout çà va s'arrêter ?*
- *Je commence à trouver cela vraiment bizarre. Mais qui aurait intérêt à voir mourir ces pauvres vieux ?*
- *J'en sais rien. Le diable peut-être !*
- *Je ne crois pas au diable, Pierre, sauf quand je regarde de quoi sont capables les hommes.*

- *Pardonne-moi, Raoul, je ne sais plus où j'en suis.*
- *Des autopsies ont été faites ?*
- *Oui, à partir du quatrième mort. Les autorités pensaient à une épidémie ou un truc comme çà. Elles n'ont rien montré d'anormal. Je te dis que tout çà n'est pas naturel, je le sens.*
- *Si çà n'est pas naturel, Pierre, c'est donc surnaturel. Et ici, dans ce village, il n'y a rien de surnaturel.*
- *Si. Les sorts.*
- *Les sorts ? Quels sorts ? Dis m'en davantage.*
- *Autrefois, dans chaque village, il y avait un jeteur de sort, ou une jeteuse. Un sorcier ou une sorcière quoi. Des gens comme toi et moi, mais certains jours de l'année, ils se sentaient possédés et ils pouvaient jeter des sorts. C'est à ces moments là qu'on pouvait aller les voir pour bénéficier d'un sort.*
- *Bénéficier d'un sort ? Comment çà ?*
- *Imagine que tu veuilles acheter les terres de ton voisin qui longent les tiennes, mais il ne veut pas les vendre...alors tu vas voir le jeteur, comme on dit, et ton voisin tombe malade. Il meurt et tu peux racheter les terres à sa veuve...c'est un exemple...je ne dis pas que tout le monde faisait çà. Mais c'est arrivé, sûr, c'est arrivé...*

– *Mais Pierre, c'est un assassinat ! Tu viens de me dire que des gens du village louaient les services d'un tueur à gages !*
– *Là, tu exagères. C'étaient vraiment rare, dans des cas extrêmes, des cas où les gens ne pouvaient pas s'entendre...*
– *Et tu connais ce genre de cas ?*
– *Non. Enfin, un peu la même chose. Il y a une cinquantaine d'années, toutes les vaches du Michou sont mortes, comme çà, les unes après les autres, en une semaine. Le Michou s'est pendu de désespoir. C'est le père de la Rolande, la bonne du curé, qui a repris sa ferme...*
– *Le père de la Rolande ? Tu veux dire qu'il s'est arrangé pour que les vaches du Michou crèvent toutes en allant voir un jeteur de sort ?*
– *Il n'avait pas besoin. C'était lui le jeteur.*
– *Tout le monde savait çà et personne n'a rien dit !*
– *On n'était pas sûr. Et puis, à l'époque, les gens considéraient que ce n'était pas leurs affaires. Et peut-être qu'ils avaient peur.*
– *Et depuis ?*
– *Plus rien, ou alors je ne l'ai pas su.*
– *Et la Rolande, elle était au courant de tout çà ?*
– *Je ne sais pas. Ce que je peux te dire, c'est que le bruit a couru qu'il lui avait passé son don. On dit même que c'est pour çà*

qu'elle était restée vieille fille, parce qu'il paraît que çà renforce le don.
- *Et tu y crois, toi Raoul, à ces histoires ?*
- *C'est pas que j'y crois, c'est que çà passe. Tu y crois ou tu n'y crois pas, çà se passe quand même.*
- *Mais dis donc Raoul, la Rolande pourrait avoir le pouvoir de faire mourir les vieux ?*
- *Maintenant que tu le dis, oui...mais je n'y avais pas songé...et même, dans quel but ferait-elle çà. Surtout que depuis des années, elle allait les voir, les soigner. Et puis c'est quand même la bonne du curé !*
- *Je crois que je vais lui rendre visite à la Rolande, et pas plus tard qu'aujourd'hui.*

***

La maison semble coincée sous deux grands tilleuls qu'on aperçoit de loin, avant même de voir les briques. La porte ne donne pas sur la rue, un petit chemin herbeux y mène, bordé par une haie sans âge. Je frappe. Personne ne vient m'ouvrir. Pourtant m'avait assuré Pierre, à cette heure du jour, la Rolande devait forcément être chez elle, elle ne commençait son service chez le curé que vers onze heures. Déçu, je décide de rentrer quand je capte une drôle de mélopée qui paraît venir du jardin derrière la maison. Je tends l'oreille et c'est effectivement une voix lointaine et sourde que j'entends plus nettement à mesure que j'approche d'un appentis adossé à la grange de torchis qui sépare le jardin du verger. La voix s'est tue et çà bouge dans l'appentis; je me plaque dans l'encoignure du mur au moment où la porte s'ouvre, laissant sortir la Rolande. Elle regagne sa maison et en ressort très vite, son cabas à la main. D'un coup d'œil à ma montre, je constate qu'il est l'heure pour elle d'aller au presbytère. Je laisse passer quelques minutes avant de contourner le bâtiment et d'y entrer. Il est clos par un simple loquet, sans serrure ni cadenas. Des caissettes de bois alignées sur des étagères sont remplies de bocaux, les uns vides, les autres contenant des clous et des vis de toutes longueurs. Des outils pendent au mur, accrochés là depuis longtemps, sans doute par le père de Rolande. Sur l'établi massif, une enclume, un étau. Bref rien d'étrange dans une ferme. Je commence à me dire que je me suis laissé entraîner par mon imagination quand un coffret de bonnes dimensions, posé sous l'établi, attire mon attention. Je m'accroupis pour le sortir. Il n'est pas très lourd, en cuir noir riveté et fermé par une épingle de métal simplement passée dans un anneau. Je le pose avec délicatesse sur le plan de travail et du pouce et de l'index, je tire doucement sur l'épingle. Une odeur familière s'en dégage, mais j'ai du mal à l'identifier. Une odeur d'enfance qui me pique la gorge; çà y est, je sais, c'est une odeur de cire. Elle me rappelle les grands ménages de printemps quand dans chaque maison, les ménagères astiquaient leurs meubles avec de la cire d'abeille, une belle cire orange et grasse au parfum si particulier. Je soulève le couvercle du coffret et mon regard croise le regard blanc des yeux de porcelaine de vingt petites poupées, allongées côte à côte dans un silence mortel. Seules les deux dernières n'ont pas d'aiguilles fichées dans le corps. L'une porte une sorte de petite robe noire et dans l'autre, je suis certain de me reconnaître.

***

Antoine Lelouche soupire:
- *Mais enfin Rolande, pourquoi vouloir me faire porter cette soutane ? Tu sais bien que je ne la porte plus depuis au moins dix ans. Mes paroissiens se sont habitués à mon costume. C'est quand même plus moderne.*
- *Non, monsieur le curé, avec tout ce qui se passe en ce moment, il faut vous protéger du diable. Il faut remettre la soutane.*
- *Rolande, le diable a bon dos. Ce n'est pas le diable qui a fait mourir tous pauvres gens, c'est leur âge, tu le sais bien.*
- *N'empêche qu'il faut remettre votre soutane. C'est plus sûr. Et puis, c'est plus correct.*
- *Correct ?*

Interloqué, Antoine Lelouche sait qu'il a perdu son combat. Plus traditionaliste que Rolande, c'est impossible. Et puis, il sait que s'il ne dit pas oui à la soutane, elle lui fera la tête pendant de longues semaines. Avec un sourire qui se veut apaisant, il se tourne vers elle:
- *C'est bon Rolande, tu as gagné. Prépare la moi cette soutane, je l'enfilerai tout à l'heure.*
- *Ça c'est bien, monsieur le curé. Je m'en vais vous la repasser, elle fera quasiment neuve.*
Et la Rolande quitte la pièce, l'air triomphant. Quelques minutes plus tard, elle ramène la soutane impeccablement repassée, brillante et noire à souhait.
- *Quand vous l'aurez passée, vous pourrez venir à table, Monsieur le curé. Ce midi, je vous ai fait un parmentier avec les restes du pot au feu d'hier.*
- *Merci, Rolande, tu sais bien que j'adore le parmentier.*
- *Faut bien que je m'occupe de vous, Monsieur le curé, avec tout le travail que vous avez en ce moment. Si c'est pas malheureux quand même !*
- *Allons, allons, Rolande, dieu sait mieux que nous ce qui est bien. Il a sans doute de bonnes raisons que nous ignorons et que nous ne comprendrions sûrement pas s'il nous en informait.*
En soupirant, Rolande fait demi-tour vers la cuisine en se disant tout bas que si les voies du

seigneur sont impénétrables, celles du diable rayonnent claires comme l'eau du puits. Un puits sans fond.

***

J'arrive essoufflé dans la cour de la ferme. Pierre n'est pas là. Sa femme me dit qu'il est dans ses pâtures, au lieu-dit « la haie païenne », à rafistoler des clôtures électriques qui empêchent les vaches de divaguer. L'endroit se trouve à trois kilomètres et elle me propose la vieille mobylette, une bleue, pour aller plus vite. Je saute sur la monture en songeant avec nostalgie à ma Honda 810.
- *Fais attention aux freins !* me crie-t-elle quand je démarre.
J'avale la première côte à trente à l'heure en espérant la descente. Qui arrive. A près de soixante kilomètres à l'heure, j'aborde un virage dont l'asphalte criblé de nids de poule est lissé par de la bouse fraîche. Je freine. Pas grand chose ne se produit et la roue avant mord dans le bas côté. La seconde qui suit dure des heures: je me vois filant dans les airs dans une belle hyperbole et je m'écrase durement contre un piquet de clôture qui borde la route. Avant de sombrer dans le noir, j'ai le temps d'avoir honte pour le Tourist Trophy. Une main rugueuse me tapote la joue:
- *Ben, tu m'as fait peur, j'ai cru que t'étais mort.*

C'est Pierre qui, en revenant du pré, m'a trouvé gisant dans le fossé. J'émerge de ma nuit avec peine, une douleur sourde dans le crâne. Enfin, j'arrive à me relever et je crie presque à Pierre:
- *Le curé, il faut aller voir le curé ! La poupée, c'est lui !*
Pierre me regarde avec pitié. Je comprends qu'il pense que mon choc à la tête me fait perdre la raison.
- *Non, Pierre, ce n'est pas ma chute...je vais t'expliquer.*
Et je lui raconte ma découverte dans l'appentis de la Rolande, les poupées, la robe noire... je suis sûr à présent qu'il s'agit de la soutane du curé. Il faut faire vite.
- *Nom de dieu, mais elle veut flinguer tout le monde, cette folle ! Monte dans le tracteur, on y va !*
Nous stoppons dix minutes plus tard devant le presbytère et Pierre saute du marche-pied. Il tambourine à la porte, sans effet. Elle n'est pas fermée et nous nous engouffrons dans le couloir qui mène au bureau d'Antoine Lelouche. Il est assis à sa table de travail, la bouche ouverte, comme paralysé. Pendant que Pierre appelle le médecin, je file chez la Rolande. Encore sonné par ma chute, j'ai du mal à courir, mais l'instinct du chasseur est plus fort et j'arrive enfin devant la maison aux tilleuls. Je gravis les trois marches de pierre bleue et pénètre sans frapper dans la cuisine

de la Rolande. Elle est debout devant la table, le coffret de cuir ouvert devant elle. Elle me fixe, l'air hagard, une lueur d'étonnement dans les yeux:
- *Alors çà y est, vous savez ?*
- *Posez cette poupée, Rolande, c'est fini maintenant !*
- *Fini , Oui, c'est fini...*
- *Mais pourquoi Rolande, pourquoi tous ces morts ?*
- *Des vieux, des inutiles... et puis Monsieur le curé n'avait plus guère de travail, et un curé, son travail c'est de faire passer les morts...*
- *Mais lui, pourquoi lui ?*
- *Parce qu'il m'a déçu. Je l'aimais Monsieur le curé, mais quand j'ai vu combien il était faible devant la situation, je me suis dit que tout était fini. J'ai décidé de l'éliminer, lui aussi était devenu inutile.*

En disant cela, elle tremble et une larme coule sur sa joue. Folle, elle doit être devenue soudainement folle.
- *Mais Rolande, le curé est un brave homme, les vieux aussi...*
- *Braves, oui, mais sans intérêt. J'ai cru longtemps à ce que disaient les écritures, j'ai cru à ce me racontait le curé, mais tout çà c'est des mensonges, tout çà n'est pas pur comme on pourrait le croire. Alors, j'ai versé du côté noir. Avec le diable au moins, c'est*

clair. D'ailleurs je m'en vais le retrouver, et vous n'y pourrez rien.
Elle lève la poupée qu'elle serre dans sa main gauche, la vingtième, celle qui m'était destinée.
- *Celle là, c'était pour vous. Mais là vous avez gagné, alors elle est pour moi.*
L'aiguille qu'elle tient dans sa main droite brille une fraction de seconde avant de se ficher dans le cœur de la poupée. La Rolande s'effondre sans un cri, morte. Dans le coffret en cuir, les poupées ont fondu; seul un petit morceau d'étoffe noire surnage sur la cire. Mon enquête est terminée.

UHAB

Elle

Elle s'appelle UHAB. Un drôle de nom qui n'appartient qu'à elle. Quand elle se regarde dans l'eau de la mare, derrière la vieille masure de la ferme, elle estime n'être ni belle, ni laide, mais elle préférerait avoir les yeux verts. Verts comme la couleur de l'herbe des prés, des feuilles du printemps, des grenouilles rondes. Du haut de ses sept ans, elle regarde le monde avec curiosité et le monde lui répond, de ces réponses simples qu'on ne comprend qu'étant enfant ; les yeux et le cerveau des grands sont si souvent bouchés, obstrués de ces poussières qui collent au temps qui passe. La pomme en main, elle laisse courir son regard sur l'eau tranquille, suivant les libellules dans leur course bruyante, s'arrêtant un instant sur la trouble rondeur d'une bulle qui crève la surface, et d'un coup elle croque dans le fruit. Le vieux pommier l'admire, séduit par la concentration et le sérieux qu'elle met dans ses gestes. L'appel de son grand-père la surprend dans son rêve et elle court vers l'étable, sautant à cloche pied des précipices imaginaires. Essoufflée, elle franchit la grande porte et se jette en riant dans les bras vigoureux qui la soulève du sol.

-Regarde, princesse, regarde...

Dans le coin de l'étable, sur de la paille sèche, la chienne vient de mettre bas. En voyant les yeux bruns, elle sent que ce chiot là, pataud et maladroit, comprendra ses silences, ses douleurs et ses joies.

***

Lui

Je lance la balle très loin devant moi, vers l'avenir, en contemplant mon chien qui la suit, malgré les lunettes que je porte et dont les branches de métal gris cisaillent la peau fine qui tapisse le derrière de l'oreille. Leurs verres rayés donnent au pourtour des choses des airs de tableaux cubistes. En contemplant ce regard inimitable reflété par la glace, je décide un jour de les écraser, mes lunettes, d'un coup de talon libérateur. Et dès cet instant, je commence à voir avec le cœur. Mes parents n'apprécient pas; une paire de lunettes représente une semaine du salaire de mon père et ma mère désespérée par ce rejeton brise tout, finit par demander à l'instituteur de m'avoir à l'œil ; le résultat ne se fait pas attendre : il me punit de suite, me traitant de vaurien, de garnement et me supprime toutes les récréations pendant lesquelles je suis sensé recopier l'intégralité des cours de morale. Je hais la morale, républicaine ou chrétienne, car le curé aussi s'en mêle, sur les supplications maternelles. Je subis donc les affres de la génuflexion face à l'autel et la risée des enfants de chœur, une bande de petits anges bien vus de tous ceux qui passent leur temps libre à torturer les chats du quartier ou à noyer les fourmilières. Braves chats, mes compagnons de misère, de vrais amis ceux-là qui viennent ronronner dans mes bras à la première occasion. Quant aux fourmis, je leur donne l'occasion d'une vengeance terrible mais méritée : un dimanche matin, bien avant la messe, je transvide dans un seau une partie de la fourmilière qui niche dans le jardin du presbytère, en prenant soin de ne prendre que les soldats, des guerrières agressives, d'un brun foncé qui frise le rouge, sorte de préalable à la couleur du sang qui ne manquera pas de couler. Je fais tout cela avec leur accord, car je leur parle, mentalement, et elles me répondent, tendant leurs antennes vers moi toutes en même temps, dans une harmonie totale et vibrante. Je dépose alors mon arme biologique dans l'armoire de la sacristie, sous les chasubles blanches des enfants de chœur. Il y règne une obscurité suffisante pour que ceux-ci les prennent sans remarquer les cohortes rouges qui attendent l'ennemi, prêtes à lâcher sur lui des décilitres d'acide formique. Ces préparatifs accomplis, je retourne chez moi, salivant d'impatience. Vers neuf heures et demi, j'arrive à l'église pour une nouvelle pénitence ; le curé me précède, accompagné de trois angelots qui me lorgnent d'un air moqueur. J'entre et je m'agenouille, les oreilles à l'affût. Je n'ai pas longtemps à attendre : de la sacristie montent soudain des cris d'horreur et des hurlements d'effroi. Un maigrichon blanc bec se rue dans l'église, nu hormis un slip douteux, se grattant le corps désespérément comme s'il voulait s'en arracher toute la peau. Je peux voir les boursouflures rouges laissées par mes alliés du jour, elles le font ressembler à un énorme bouton sur le point d'éclater. Le malheureux s'agrippe au bénitier et s'asperge d'eau, de l'eau divine qui croit-il va lui guérir cette brûlure lancinante qui l'envahit. Las, le feu continue de lui tirer des plaintes et il tombe à genoux, en sanglots sur les dalles froides du sol. Les deux autres bigots suivis du curé le rejoignent pour l'aider, mais l'homme d'église n'a d'autres choix que d'emmener la victime chez le pharmacien où une pommade miraculeuse le soulage bientôt. Ils reviennent un peu plus tard, le curé serrant dans ses mains un sac de papier bleu rempli de poudre insecticide ; le massacre commence et nombre de mes amis perdent la vie dans cet épisode, mais j'ai vaincu et j'en retire une joie immense.

***

Elle

Elle grandit, parcourant la campagne en compagnie du chien, et s'approche chaque fois davantage de la forêt qui lui semble si noire. Aujourd'hui, son grand-père lui a dit que l'on changeait de siècle. Le jour de son anniversaire. Elle a trouvé ça drôle, toutes ces années qui passent et elle qui grandit, bien sûr, mais si lentement. Elle voudrait bien aller plus vite. Elle a décidé d'entrer sous les grands arbres, marchant avec précaution sur la mousse et l'humus. Le parfum des écorces l'enivre un peu et elle prend confiance, s'enfonçant sous les ramures, la main sur le collier du chien. Elle parcourt les sous-bois de longues minutes et s'arrête tout à coup devant une grande pierre dressée au milieu d'une clairière. Elle semble l'inviter et l'enfant s'approche à toucher la peau minérale. La douceur de la pierre la rassure et elle plaque sa main sur le schiste, bien à plat. Une étrange chaleur l'envahit et des images traversent son esprit, des images qu'elle ne connaît pas, mais elle sent que ce qu'elle voit vient du futur. Un homme la contemple, un sourire au coin des lèvres; il a l'air fatigué, d'une fatigue qui la fait trembler. Presque une fatigue de vivre, songe-t-elle... et brusquement derrière lui, elle perçoit nettement comme une explosion, des flammes et le bruit, le bruit surtout qui la remplit d'effroi. Dans l'instant qui suit, elle n'arrive plus à distinguer l'homme au milieu de la fumée qui s'élève d'un trou immense, mais elle sait qu'il est là, qu'il vit, qu'il a échappé à cette monstruosité de feu et de vacarme. Une paix profonde s'installe en elle, une certitude. La pierre lui a donné la vision d'un fragment de son avenir, et son avenir est lié à cet homme au sourire si doux. Mais il est tard, il faut qu'elle rentre pour nourrir les bêtes avec son grand-père. Elle court si vite, le chien à ses talons, que les fougères s'écartent sur son passage, elle vole, déjouant sans encombres tous les pièges végétaux, racines affleurantes et autres lianes qui serpentent au ras des mousses. Elle débouche dans la cour de la ferme et se précipite vers son grand-père debout à la porte de l'étable:

– *Grand-père, grand-père, la pierre m'a parlé !*

– *La pierre ? alors c'est arrivé, tu es grande maintenant.*

– *Grande ? Mais pourquoi ?*

– *La pierre ne parle qu'à ceux qui sont grands et qui peuvent entendre. Écoute là bien, elle ne ment jamais.*

– *Comment sais-tu cela, grand-père ? La pierre t'a parlé à toi aussi ?*

- Oui, princesse. Il y a très longtemps, elle m'a beaucoup appris, sur le monde et sur moi-même. C'est une pierre très ancienne et très sage, c'est une amie pour toi, va la voir chaque fois que tu en auras le besoin, et chaque fois, elle te répondra.

- J'ai vu un homme...

- Tu ne dois pas me dire ce que tu as vu. Cela t'appartient, et à toi seule. Tu peux seulement le dire à l'oreille du chien pour partager ton secret et lui, il le gardera au chaud dans ses poils.

- Mais le chien ne comprend pas !

- Si princesse, ce n'est pas parce qu'il ne dit rien qu'il ne comprend pas. Regarde comme il remue la queue, regarde ses yeux vifs, il a tout compris, mais il garde.

UHAB caressa tendrement la grosse tête d'où émergea subitement une langue rose qui la couvrit de bave et d'amour. Elle éclata de rire et entra dans l'étable. Demain, elle irait voir la pierre.

***

Lui

L'obus est tombé à dix mètres de moi. Je n'ai rien vu venir. Ni entendu. Un souffle froissant l'air de sa gueule nauséabonde une seconde avant l'éclair. Jeantot était debout à déconner, ravi d'être de permission dans cinq jours. Les autres, assis à tirer sur leur bouffarde, goûtaient leur premier repos depuis le quatre septembre, date de la dernière attaque. On avait balayé les Allemands à Forest et à Cléry(4), mais ça avait dur. Moi, je m'étais vautré sur ma capote, allongé sur la toile à regarder passer les nuages de ce joli ciel de fin d'été. On savait tous pourtant que quand ces saloperies sifflaient en tombant, c'est qu'elles n'étaient pas pour nous, on aurait dû se méfier. Et d'un coup l'explosion, tranchée par les fers brûlants qui crachent leurs lames. Hagard, je me tâte, j'ai tout. Je n'ai pas mal mais je suis couvert de sang, de chair : les débris gluants de mes compagnons. Les brancardiers arrivent, l'air las et les yeux vides ; ils voient trop d'horreurs, la vue des corps déchirés ne les touchent plus, certains m'avaient même dit qu'un corps de fille ne leur faisait plus rien. Ils sont allés trop loin, s'enfonçant dans la mort comme ils s'enfoncent dans les tripes, jusqu'aux genoux, la tête ailleurs et le cœur sec. Ils me soulèvent et me posent sur le brancard, croyant sans doute que je suis gravement blessé, et l'on part, brinquebalant dans la boue jusqu'au poste d'infirmerie de campagne. Le médecin m'ausculte et me dit :

-T'as de la chance, t'es juste sonné. Je t'envoie à l'arrière pendant quelques jours, à l'hôpital tu pourras te remettre. Salut mon gars, et profite bien.

Il gratte quelques lignes et tend le papier à l'infirmier. Demain, je dormirai dans un vrai lit.

***

Aujourd'hui, vendredi quinze septembre, rempli d'une joie étrange et jubilatoire, je déserte, résolu à fuir ce destin tout tracé que des généraux cachés envisagent pour moi et ma génération. Après l'appel, vers vingt heures, je sors de la salle de classe qui sert d'infirmerie, décidé à me cacher sous la bâche qui recouvre les morts de la dernière attaque, enfin ceux qu'on a retrouvés entiers et identifiables. Allongés dans une remorque, dernier exercice de discipline militaire, ils ont l'air de sardines qu'on va mettre en boîte. Je me glisse entre deux gars pas trop abîmés et je rabats l'extrémité de la toile sur ma tête. Ici on ne viendrait pas me chercher. J'attends longtemps, deux heures peut-être que le camion démarre dans un juron puant. Sous la bâche, l'odeur devient terrible et le soleil encore chaud de ce début d'automne 1916 n'arrange rien. On roule jusqu'à la nuit et dans un dernier cahot, on s'arrête. J'entends les voix des deux soldats qui descendent du camion en rigolant :

- Un petit coup, sergent ?

- T'as raison, un dernier peut pas nous faire de mal, et de toute façon, les camarades d'à côté, une heure de plus ou de moins, maintenant, y s'en foutent !

Une porte claque, me laissant dans l'obscurité avec mes compagnons d'infortune. Rassuré par le silence des lieux, je tente une sortie discrète. Le coin semble calme. J'enjambe les ridelles en bois et je me retrouve au sol, les jambes endolories par l'inaction. Autour de moi, les premières maisons d'un village qui parait désert si ce n'est l'estaminet d'où jaillissent par intermittence les éclats de voix des hommes qui boivent. Je file vers l'église dont l'ombre noire se dessine plus loin au centre du bourg ; je ne suis pas croyant mais une église recèle suffisamment de recoins pour qu'on puisse y dormir tranquille, en sécurité. La lourde porte s'ouvre à ma poussée et j'entre dans la fraîcheur dégagée par la pierre. Déjà, le camion redémarre, emmenant ses morts vers un cimetière militaire fraîchement creusé.

***

Elle et lui

On arrive à cette ferme par un chemin herbeux qui longe une vieille route empierrée, grise des années passées. Mon pas lourd écrase les herbes sèches sans état d'âme. C'est comme çà. On transporte en nous des kilos d'histoire qu'on ingère sans s'en rendre compte, de mois en mois, sans voir que nos épaules se voûtent sous toute cette charge inutile. Et mes dernières semaines pèsent des tonnes. J'aperçois le toit d'ardoises du haut de la côte et mes pas se font plus légers sur cette petite route de Thiérache, non loin d'un village niché au creux du bocage, je ne sens presque plus les ampoules brûlantes de mes plantes de pied. Mes pas comprennent soudain que c'est là, sous ce pommier dont j'approche, que la fin des misères a sonné. Je descends de la colline en jetant au passage un regard sur les débris laissés par le temps, là une souche centenaire creusée par l'eau du ciel en furie, ici la carcasse rouillée d'une charrette oubliée. Je sais qu'au fond de la sente que j'emprunte, un trésor connu de moi seul m'attend, un trésor d'amour lentement germé dont j'ai mille fois rêvé et que je n'ai même jamais vu. Mais je le sais, c'est comme inscrit dans la chair de ma mémoire, je n'y peux rien. L'entrée de la ferme donne sur un petit talus herbeux d'où coule des rigoles de pluie. Elle est assise à même le sol, occupée à trier les premières pommes, de ces fruits acidulés qu'on croque en faisant la grimace et qui vous explose dans la bouche en éclats fruités de bonheur. Elle n'a pas levé les yeux, tout absorbée par sa tâche et je reste à me dandiner, ébahi par l'harmonie de ses gestes. Elle prend la pomme du bout des doigts, la retourne en douceur et passe un chiffon bleu sur toute la surface qui se met à briller d'un coup, puis la pose légère à côté de ses sœurs dans un cageot de bois.

- *Tu as tardé. Ta guerre sans doute? Mais c'est bien, te voilà...*

Elle a dit çà naturellement, en relevant vers moi ses yeux dorés tel un soleil de mai, et dans leur profondeur, j'ai vu ce doux trésor que je portais en moi comme une évidence.

- *Ça n'est pas ma guerre, c'est celle des puissants qui veulent toujours plus de pouvoir, toujours plus d'argent, toujours plus...*

- *Arrête de te mentir...si tous les hommes comme toi l'avaient refusée cette guerre, elle n'aurait même jamais commencé. Mais les hommes sont idiots, ils croient toujours aux bêtises qu'on leur raconte, la patrie, la bravoure, l'honneur...je suis sûre que si l'honneur a un sexe, ce doit être un homme. Heureusement tu as compris toi, et tu as fui, tu as déserté comme ils disent. Et je crois bien que je t'aime, déserteur, depuis que j'ai rêvé de toi étant petite, j'étais persuadé que tu viendrais un jour, un jour comme celui-ci, un jour qui compte plus que les autres, un jour unique en somme.*

- Mais tu ne me connais pas...tu ignores tout de moi. Je suis peut-être un voleur, un menteur, un assassin même.

- Si tu étais quelque chose dans le genre, le chien t'aurait attaqué et mordu, mais regarde-le, il a compris lui.

Je suis son geste en direction du chien que je n'avais pas vu jusque là, un fameux chien au pelage jaunâtre, haut sur pattes et musclé. Couché à l'ombre d'un muret, il pouvait surveiller les alentours sans même qu'on le soupçonne. Je croise un instant son regard brun rempli de bonté et de force, le gardien parfait. Il se lève et trottine vers moi, la queue en panache et passe son museau sous ma main, l'obligeant ainsi à lui caresser la tête. Il se détourne brusquement et retourne se coucher.

- Tu vois, il t'a dit bonjour. Un assassin, il l'aurait égorgé de suite. Et comme toi aussi, tu m'as rêvée, pourquoi joues-tu les idiots ?

- Parce que j'ai peur sans doute...

- Je connais un bon remède à la peur, tu veux y goûter ?

Quand je dis oui, elle m'attire lentement à ses côtés, m'offrant ses lèvres au goût de cerise mûre. Deux ans de boue, de brûlures et de sang…je ne sais que dire, bouche bée face à ces yeux qu'on dirait sortis du paradis, mais elle est toute blonde et mes envies bleu pâle. Je glisse sous sa jupe une main qui se sait douce et elle, détendue et sublime, m'invite, sourire aux lèvres, à poursuivre ma découverte rose. Son ventre se fait vague quand je pose mes lèvres au creux de sa blondeur, respirant des parfums à nuls autres pareils, de ces parfums qu'on garde comme des trésors cachés une existence entière. La vie est revenue, moi qui la croyais loin, elle palpite avec force sur nos souffles croisés.

Nihon

Les deux hommes se tiennent face à face, à environ deux mètres l'un de l'autre. Ils portent le hakama(5) sur leurs kimonos, de soie noire pour l'un, blanche pour l'autre. Leurs visages n'expriment aucun sentiment, aucune peur, mais la tension dans l'air est palpable. Les lames des katana(6) renvoient des éclats de soleil tranché qui viennent éclabousser de lumière les spectateurs présents. Vingt minutes déjà que les deux bushis(7) sont comme sculptés dans la pierre, cherchant dans un calme absolu l'ouverture chez l'adversaire pour engager une attaque foudroyante et définitive. La mort, suspendue au fil d'acier acéré, attend patiemment l'œuvre des hommes, convaincue de son tribut à venir. Un pas. Glissé si lentement sur le sable humide de la plage qu'il en est imperceptible. Un second, lent, très lent, si court mais qui amenuise la distance. L'autre, drapé de noir, n'a pas bougé, le regard perdu en lui-même. Le sifflement des lames, deux kiai(8) fusants, presque simultanés. Le tissu de soie blanche s'est zébré d'un trait rouge qui part du haut de l'épaule jusqu'à la naissance du ventre, dans une oblique parfaite. Le guerrier tombe à genoux sans un cri et s'effondre, mort. D'un mouvement tournant rapide de la garde du sabre, tchiburi, le vainqueur égoutte le sang de la lame, et rengaine son arme dans un effleurement sec avec le fourreau. D'un geste lent du buste, il salue le mort, et ramassant son maigre paquetage, s'éloigne sans tourner la tête. Je reste pétrifié par le spectacle de cette mort, choqué de la passivité de la foule et surtout de son intérêt pour ce combat. Arrivé la veille sur un vapeur au port de Yokohama, je ne connais rien des us et coutumes de ce peuple. On m'a bien accueilli, malgré mon ignorance totale de la langue mais quelques mots d'anglais ont suffi pour me trouver une auberge où j'ai pu dormir et manger à ma faim. Ce matin j'ai pris la route qui longe la mer et vers midi, je suis arrivé à cet endroit sur la plage où quelques dizaines d'hommes et de femmes se pressaient. J'ai compris qu'il s'agissait d'un duel quand deux hommes se sont salués, puis ont échangé des paroles d'une voix forte mais courtoise. J'apprendrai plus tard qu'ils se présentaient ainsi à l'adversaire, en n'omettant aucun détail de leur généalogie. Ces duels étaient monnaie courante depuis l'interdiction faite par l'empereur de porter les deux sabres, insignes de la caste des samouraïs. Certains ne l'acceptèrent pas et continuèrent de vivre comme par le passé, cherchant dans la perfection technique de leur art un sens à leur vie. Une pression sur mon coude me fait me retourner ; un homme, portant l'uniforme d'officier de marine me salue d'un bref mouvement de tête :

- Hakiroshi Nobokuda, pour vous servir, si je le peux.

Son français, excellent, me laisse sans voix.

- J'ai fait de nombreux voyages, et j'aime particulièrement la France, votre beau pays. Mon amie, la fille de l'aubergiste, m'a parlé d'un français arrivé par le vapeur d'hier, et je suppose que vous avez besoin d'un guide. Cela tombe bien, mon bateau relâche pour une semaine. Je serais si heureux de pouvoir échanger avec vous…

- J'avoue que je suis un peu perdu et j'accepte votre offre avec grand plaisir.

Hakiroshi se montre un guide parfait, m'expliquant les bases du comportement des Japonais, leurs valeurs fondamentales. Ainsi, j'apprends que mourir en duel n'est pas vu comme une fin tragique mais plutôt comme une fin honorable pour un samouraï. Rien de choquant à cela, sauf pour un européen, précise mon compagnon. Il m'entraîne vers une échoppe où il achète deux quartiers d'un gros fruit rouge. Il mord à pleine dent dans la chair juteuse, m'intimant par un sourire de faire de même. C'est frais et délicieux.

-Une pastèque, me dit-il.

Nous déambulons ainsi dans la ville, mon guide m'indiquant chaque endroit intéressant à découvrir ou me faisant découvrir le travail des artisans japonais dans leurs échoppes de toile. En fin d'après midi, il m'entraîne vers une maison du thé dans laquelle nous entrons après nous être déchaussés. Une ravissante jeune femme en kimono de soie rouge nous accueille et nous prenons place à genoux face à une table de bois laqué. Hakiroshi m'explique alors, à voix basse que je vais assister au Cha-do, la cérémonie du thé, et que celle-ci est d'une extrême importance, presque sacrée. Dans un recueillement total, nous assistons à la préparation du breuvage, à la manipulation de la théière de fonte noire chauffée, remplie et vidée, puis remplie à nouveau et dans laquelle sont jetées quelques pincées de feuilles brunes qui prennent soudain vie au contact de l'eau brûlante. Chaque geste est mesuré, précis, identique à celui du jour précédent comme à celui du siècle précédent.

- Vois-tu mon ami, il faut purifier le thé pour purifier ton âme, tu devras le boire comme si tu ne devais plus jamais en boire, sentir chaque gorgée te remplir de paix, d'une paix si profonde que tu deviendras l'espace d'un instant ce thé lui-même. Ici, l'eau provient d'une source pure qui donne une saveur unique au thé et chaque maison de thé respectable possède son eau. Un maître du thé

peut facilement discerner la provenance du thé qu'il boit uniquement à la qualité de l'eau qui a servi à sa préparation.

Je suis ébloui par tant de subtilité et de délicatesse. Ces gens ont un art de vivre d'un raffinement qui m'était inconnu. Et pourtant, je repense au duel de ce matin, à cette complète indifférence devant la mort, et cela me rend perplexe. Je m'en ouvre à mon compagnon, qui sourit:

- Profite de cet instant. Il y a un temps pour la douceur et un temps pour le combat. Il est inutile de songer à l'un si l'on pratique l'autre. Ne mélange pas tes pensées, cela est nuisible pour ton harmonie intérieure. Bois ce thé et ressens tous ses bienfaits. Occupe-toi simplement de bien faire ce que tu fais au moment où tu le fais.

Je vais lui répondre quand je comprends qu'il n'attend aucune réponse. Nous buvons en silence, l'esprit liquide et serein.

***

Il est tard quand nous sortons de la maison du thé et les rues de Yokohama sont désertes. Seuls quelques marins en vadrouille parcourent la ville à la recherche d'une fille facile et d'une auberge où se saouler au saké. Nous croisons un groupe de matelots anglais, bruyants et éméchés. L'un d'eux nous apostrophe, l'œil mauvais:

- Vous avez vu les gars, ces deux là m'ont l'air gentil...je suis sûr qu'ils vont nous payer un verre. Hé, vous, on me regarde quand je parle !

Hakiroshi s'est arrêté et me pose la main sur la manche, me signifiant par-là de ne rien dire, de ne pas bouger. Il émane de lui un calme absolu.

- Je vous prie de nous excuser, nobles étrangers, mais il est tard et nous devons rentrer.

- Tu rentreras quand tu nous auras payé à boire, face de citron !

Je n'ai pu me retenir, et l'homme est à terre, le nez en sang. Il se relève, la main sur le visage et sort de sa vareuse un fort couteau de marin.

- T'as eu tort de me frapper, toi.. Je vais te saigner comme un poulet.

Ses congénères approchent, menaçants. Deux d'entre eux ont des lames à la main.

- Mon ami, me souffle Hakiroshi, je te remercie mais cette affaire ne concerne que moi. Laisse-moi donc la régler à ma façon et n'intervient plus, tu risquerais de m'offenser.

Il me pousse doucement sur le côté et fait face aux trois hommes armés. Derrière eux, les quatre autres marins regardent la scène, goguenards. Le premier matelot lance brutalement son bras armé vers le ventre d'Hakiroshi qui esquive le coup d'une foudroyante rotation des hanches. Dans le même temps il a saisi le poignet meurtrier et un craquement sinistre suivi d'un hurlement me confirme que l'agresseur est hors de combat. Fous de rage, les deux autres attaquent simultanément mon ami qui, mobile comme le vent, semble tournoyer autour d'eux. Le second s'écroule, frappé de plein fouet à la gorge par le tranchant de la main d'Hakiroshi tandis que le dernier tueur paraît s'envoler au-dessus de son épaule. Il retombe lourdement, inanimé. Prudents, leurs compagnons spectateurs s'éclipsent sans leur prêter secours. Je suis émerveillé de la rapidité et de la fluidité du jeune japonais qui laisse transparaître une maîtrise extraordinaire.

- Je n'ai jamais rien vu d'aussi efficace, Hakiroshi !

- Ce n'est pas grand chose; certains maîtres n'auraient même pas eu besoin de toucher ces vauriens...

- Les battre sans les toucher ? J'ai du mal à le croire...

- Si tu le désires, je t'emmènerai demain voir mon maître... son dojo se trouve en dehors de la ville, près d'une source d'où coule une eau particulière, une eau parfaite pour le thé.

- Son dojo ? Qu'est-ce qu'un dojo ?

- Le lieu où l'on enseigne les arts de la guerre. Chaque dojo est unique et son maître aussi... Le mien pratique un art très ancien qui était réservé aux samouraïs d'élite.

- Pourrais-je moi aussi l'apprendre ?

- Seulement si mon maître considère que tu en es digne. Aucun étranger n'a jamais été accepté dans son école, et il n'a que quelques disciples... l'entraînement est très dur, très long... rares sont ceux qui obtiennent le menkyo, le diplôme de maîtrise.

***

La montagne découpe le ciel, dent de pierre d'un requin gigantesque disparu dans les profondeurs de la terre. On l'aperçoit seulement après deux heures de marche au cœur d'une forêt luxuriante, lorsque le chemin pierreux débouche dans une clairière d'altitude vidée comme par enchantement de ses arbres. Seul un vieux ginkgo l'habite, tordant douloureusement ses branches vers sa princesse minérale. Akiroshi s'assoit sur la mousse d'une grume laissée à l'abandon:

- Lors de la création de ce monde ci, quand les dieux anciens s'affrontèrent pour la possession des hommes, le requin-maître, roi de l'océan primitif, prit parti pour le plus faible. On raconte que la colère du dieu sans nom, le plus puissant, fut telle, qu'il brisa d'un coup de gourdin en chêne rouge la dent du grand requin qui se planta à l'envers dans le sol. C'est cette montagne que tu vois aujourd'hui devant toi et qui abrite le dojo de mon maître. Dans peu de temps, tu le rencontreras et alors je saurai si mon cœur a eu raison de t'amener ici...

- Que dois-je faire pour être digne de ta confiance ? Je ne voudrais pas que ton maître prenne ombrage de ma présence et puisse te reprocher de m'avoir amener à lui.

- Rassure-toi, mon ami. Mon maître est sage. Il connaît tous les ressorts de mon âme et ne me jugera pas mal. Simplement, s'il estime que ta présence n'est pas souhaitable, tu le comprendras très vite. Si c'est le cas, nous repartirons vers la ville.

- Et s'il m'accepte ?

- Alors, c'est toi qui choisiras de rester... ou de partir.

Nous reprenons le chemin étroit qui serpente au milieu des fougères. L'air me semble ici plus pur qu'ailleurs et la lumière qui traverse les frondaisons des hautes cimes enveloppe chaque végétal d'une auréole dorée. Ce lieu est magique, hors du monde, comme suspendu entre vie et rêve. J'ai rarement été si paisible, profondément heureux d'être là, sans désir particulier, sans joie précise et sans tristesse. Je suis simplement là, rempli de toute cette beauté naturelle. La voix d'Akiroshi me fait sortir de ma contemplation:

- *C'est ici.*

Il me désigne une bâtisse en bois, simple et austère qui se niche aux pieds d'arbres centenaires. Elle paraît faire partie intégrante de ces colosses noueux. Devant le dojo, une petite prairie recèle un potager dans lequel deux hommes travaillent, complètement absorbés par leur tâche. Des fleurs de toutes les couleurs délimitent des parcelles où poussent différentes sortes de légumes. L'harmonie est totale. En approchant, je perçois des chocs sourds et répétés.

-*L'entraînement au bokken, me souffle Akiroshi.*

-*Bokken ?*

-*Un sabre de bois, en chêne rouge le plus souvent. Nous travaillons beaucoup cet art que l'on nomme ken-jutsu*[9]*. Le bokken a la* *forme et la longueur du katana, il nous permet de sentir la distance, le ma...d'ailleurs, dans notre art, toutes les techniques de combat manuelles sont inspirées du combat au sabre. Ainsi, tu dois toujours penser que ton bras est un sabre.*

Un homme apparaît en silence dans l'encadrement de la porte du dojo, revêtu d'un ample kimono de rude coton blanc. Il s'adresse en japonais à Hakiroshi, d'une voix grave et douce, presque musicale. Celui-ci salue d'un bref mouvement du buste et se tourne vers moi.

- Mon maître te salue. Il me dit que tu es le bienvenu et que tu peux rester ici aussi longtemps que tu en éprouveras le désir. Il t'invite à rentrer dans le dojo et à travailler avec son meilleur élève, afin de sentir s'il est juste que tu sois là...

Je reste sans voix, stupéfait que ce maître qui ne m'a même pas adressé la parole, m'invite dans son dojo. Hakiroshi insiste :

- Entre mon ami, le maître t'attend. C'est un très grand honneur qu'il te fait, tu ne peux pas refuser... je comprends que tu sois surpris mais c'est une chance pour toi.

- Mais Hakiroshi, je ne connais rien de votre art du combat, je vais me faire mettre en pièce.

- Ne crains rien, le maître sait ce qu'il fait.

Résigné, je pénètre dans le dojo. Un plancher de bois rouge recouvre la moitié de sa surface tandis que l'autre moitié est occupée par des tapis de paille de riz. Une dizaine d'hommes jeunes assis à genoux me fixent, ne laissant transparaître aucun sentiment sur leur visage. Akiroshi m'enjoint d'ôter mes chaussures avant de fouler le parquet d'une propreté absolue. Ce que je fais. A ce moment là, le maître adresse un signe discret du menton à l'un des élèves qui se lève aussitôt pour se placer devant moi. En me saluant, il me tend un bokken puis recule, la pointe de l'arme tendue dans ma direction. L'attaque est brutale, son sabre vient frapper le mien sur le côté et me l'arrache des mains. Suit un coup sec sur mes côtes qui me fait grimacer. Saïto, l'élève dont j'apprendrai plus tard le nom, se replace face à moi. Je comprends qu'il me faut ramasser le bokken et accepter de nouveau l'engagement. J'ai peu de goût pour prendre des coups. Je décide de réagir, quitte à paraître ridicule; je me penche pour saisir la poignée du sabre et je frappe vers les jambes de mon adversaire avant même de m'être relever. Il saute au moment où la lame va le toucher et je suis déséquilibré par la vitesse de ma frappe, lui offrant mon dos qu'il vient cingler d'un revers puissant. Je m'aplatis face au sol, le dos en feu. Ce Saïto me semble intouchable, rapide, puissant, entraîné. Je me relève pourtant. Cette fois, je veux lui faire mal à cette brute; le bokken me paraît soudain moins lourd. Je fixe le jeune homme et je sens qu'il a compris ma détermination et qu'il est troublé. J'attaque à la tête et il pare facilement le coup; nos regards se croisent au-dessus des lames et je le pousse de toutes mes forces. Il recule, surpris par ma vigueur et enchaîne par une pique vers ma poitrine que j'évite à la dernière seconde. J'ai senti le bois racler la toile de ma chemise de voyage. Je lâche mon sabre au même instant et c'est mon poing qui vient s'écraser sur le visage de Saïto. Il s'écroule pour se redresser très vite, l'œil sauvage.

-*Yame* (10)*!*

Le maître a parlé. C'est la fin du combat.

-*Pas très académique, mais efficace.*

Ces mots prononcés en français me laissent pantois. Il pratique un français sans accent.

- *Ne soyez donc pas aussi surpris. J'ai longtemps étudié en France, j'y ai même envoyé Hakiroshi. Votre pays possède les plus belles universités du monde et l'esprit y est plus libre qu'ailleurs. Mais revenons à votre défense. Saïto est un grand budoka, mais vous avez trouvé sa faille, vous l'avez désarçonné dans sa conception du combat en agissant comme seul un animal agit: d'instinct, sans préméditation. Vous venez de lui donner une leçon et il vous en sera reconnaissant à vie... Il sera votre instructeur personnel, si toutefois vous désirez rester parmi nous. Réfléchissez. A l'aube, vous me donnerez votre réponse. En attendant, allez donc vous reposer, Hakiroshi vous guidera vers la chambre réservée à mes rares invités.*

Sans rien ajouter, il me salue et disparaît souplement par la porte arrière du dojo. Hakiroshi resplendit de contentement.

- Mon ami, je suis si fier de toi. Tu voulais apprendre notre art, te voici invité par le maître. C'est merveilleux.

- Je ne sais quoi dire, tout est si rapide, et je voudrais m'excuser auprès de Saïto.

- N'en fait surtout rien. Saïto a apprécié ce combat. Tu t'es conduit avec courage, tu l'as vaincu, ne pense pas plus loin que cela. Tout ceci est honorable, pour lui comme pour toi.

- Rends-toi compte qu'il y a à peine un mois, j'étais en France, cherchant à partir pour le Japon afin d'y étudier vos coutumes et vos

mœurs pour en rapporter un livre que m'a commandé la société de géographie. Et maintenant que je suis à demeure, je ne sais plus si je dois rester ou bien continuer mon voyage et rentrer.

- Tu n'es pas ici par hasard, un bon kami t'a guidé. Reste. Mais je te laisse seul juge. Viens donc dans la chambre des invités, tu pourras t'y détendre et réfléchir avant de partager notre repas.

***

Le repas avec le maître et ses élèves fut joyeux et animé. Tous prenaient visiblement plaisir à se retrouver autour du saké et du riz. J'ai moi-même beaucoup apprécié ce moment, et cinquante ans plus tard, j'ai toujours en tête ce soir mémorable. Ma mémoire a enregistré chaque détail, chaque mot des conversations que me traduisaient Hakiroshi. Aujourd'hui, je suis âgé, plus âgé que le maître à cette époque et je ne regrette pas d'être demeuré plus de quinze années au sein du dojo, d'avoir compris les us et coutumes de mon hôte et d'avoir appris sa langue. Ce soir là, quand la fille du maître, Fumiko, est apparue à la fin du repas pour déposer quelques fleurs sur la table basse, j'ai senti son regard me traverser, revenir puis s'arrêter en moi pour toujours. J'ai su que je resterai.

Une évidence

Fatigué du monde, j'avais décidé d'aller flemmarder en haut de la colline qui surplombe la ville. J'ai garé la voiture sur l'herbe, là au bout de la route qui mourrait pile sur les premiers contreforts rocheux. Un bon signe que cette fin subite de la civilisation, çà me ravissait. Dans mon sac, de quoi tenir trois jours sans me goinfrer. Et les « Pensées » de Pascal, histoire de méditer sur l'ange et le bête qui nous habitent. Le soleil de mai finissait de crachoter sa lumière quand je suis parvenu au petit refuge en rondins qui servait aux bergers lors des transhumances d'autrefois. Avec beaucoup d'attention, on percevait encore l'odeur des brebis qui flottait dans l'air sec de la cabane. Ça m'a donné faim et j'ai tranquillement dégusté une grosse tranche de pain garnie d'un fromage aux effluves magiques. Une gorgée de rouge les a noyés dans un élan de bonheur framboisé. Deux pommes craquantes et mon paradis fut total. Assis à même le sol, je laissais mon regard traîner sur l'horizon dégagé. Vu d'en haut, dieu que c'était beau. Même les usines qui bordaient l'autoroute au loin paraissaient faire partie du décor, et dans les fumées qui fusaient de leurs cheminées, je lisais des messages à la manière indienne. D'ici, les milliers de points de couleur mobiles qui filaient sur les deux fois quatre voies ressemblaient à des colonnes de fourmis en déplacement, les unes entrant, les autres sortant du ventre de la ville, sans jamais semble-t-il, la déranger outre mesure. Tapie comme un gros ours polaire sur la banquise, elle ne bougeait pas, vibrant seulement de temps en temps au son des sirènes des voitures de police. J'avais quitté la ville pour être seul et tranquille et la ville elle même paraissait seule et tranquille. Dérangé par cette constatation, j'ai décidé d'aller dormir, et de toute façon, la nuit tombait. Enroulé dans une couverture de laine, la tête posée sur mon sac, j'ai rapidement sombré dans un sommeil paisible.

***

Matin frisquet. Drôle de lueur d'une aube sans soleil ou presque. Je sors du refuge, la couverture sur les épaules. Un épais brouillard flotte tout autour de la colline, elle seule submerge. Je ne distingue plus la ville ni l'horizon. Et j'ai l'impression d'aller vite, sans pouvoir me l'expliquer. Je vais très vite. C'est quand je regarde vers le bas que je comprends. Le brouillard n'est pas du brouillard mais des nuages. Je vole au dessus des nuages, sorte de grande mer blanche, et le soleil si pâle de tout à l'heure m'éblouit maintenant. Mais çà ne dure que quelques instants, le temps de sortir de l'atmosphère terrestre à une vitesse inouïe. La terre est bleue en bas et si je lève les yeux, des millions d'étoiles scintillent avec application. J'ai dépassé la lune depuis longtemps, ma terre s'éloigne et moi je me sens naufragé sur mon bout de colline volante, en route vers des ailleurs d'outre-espace. En traversant les anneaux de Saturne, un bout de glace est venu s'écraser à mes pieds, giboulée de mars de mon enfance. Je ne suis plus enfant, je n'ai ni faim, ni soif, je n'ai pas froid, pas chaud non plus. Et au milieu de la nuit galactique, ma couverture sur les épaules et mes pieds nus dans l'herbe, je file à l'évidence vers l'infini.

Notes

(1) « Ton »: tour du circuit de l'île de Man à plus de cent soixante kilomètres/heure de moyenne.

(2) Voir le « Guerrier Souriant », roman de l'auteur paru en 2004 (Éditions du Cavalier vert)

(3) G50: Matchless G50- Moto de course des années 50/60.

(4) Forest et Cléry-sur-Somme : villages du Nord de la Somme repris par les troupes françaises le 04 septembre 1916 après de violents combats.

(5) Hakama: jupe du samouraï.

(6) Katana: sabre long du samouraï

(7) Bushi: guerrier, en japonais.

(8) kiai: cri poussé lors d'un engagement en combat.

(9) Ken-jutsu: Art des techniques de sabre.

(10) yame: Arrêtez, en japonais

Échafaudages

Un héritage

1ère partie

12 septembre 2009

Sacrifier à la tradition britannique de la tonte du gazon m'a toujours causé une fatigue morale subite. Mon humeur noircissait à vue d'œil lorsque le téléphone sonna. Sauvé pour quelques minutes, je décrochai.
- Oui
- Maître Jalabert à l'appareil, je suis bien chez monsieur Molotov, Raoul Molotov ?
- Lui-même. C'est à quel sujet ?
- Un héritage, monsieur, et qui se trouve être relativement important.
- Un héritage ? De qui ? Je n'ai pas de famille à ma connaissance.
- Cela ne m'étonne pas, monsieur Molotov. En vérité, vous n'héritez pas de quelqu'un de votre famille. C'est....disons plutôt inhabituel, voire même spécial...
- Spécial ? Dites m'en plus.
- Non, pas au téléphone. De toute façon, il est impératif que nous nous rencontrions pour les formalités, si toutefois vous acceptez cet héritage. Et ses conditions.
- Les conditions? Quelles conditions ?
- Je ne peux vous en dire plus, Monsieur Molotov. Nous devons prendre rendez-vous à mon étude.
- Qui se trouve ?
- En Thiérache, près de la frontière belge. Vous connaissez ?

- Un peu. Il y a quelques mois, j'ai passé plusieurs jours dans la région pour une enquête sur des morts en série.(1)
- Oui, oui, je suis au courant, la personne qui a fait de vous son légataire universel a suivi cela de très près et m'en a parlé avant de mourir.
- Légataire universel ? Et il me connaissait ?
- Oui, Monsieur Molotov. Pas il, elle. Mais revenons à notre rendez-vous...

Nous avons convenu de nous voir le lundi de la semaine suivante, le matin. J'étais dubitatif. Qui pouvait donc vouloir me léguer un héritage, et pourquoi ? Et sous quelles conditions ? J'ai fini par me servir une bière, assis sur l'herbe face à la tondeuse. Décidément, ce n'était pas un bon jour pour le gazon.

***

14 septembre 2009

La route serpente au cœur d'une forêt dorée par un début d'automne. Les arbres ont délaissé leurs feuilles qui tapissent l'asphalte d'une croûte molle et glissante. On ne vantera jamais assez la souplesse d'un six cylindres, son velouté puissant qui permet une conduite décontractée et précise même quand la route prend l'aspect d'une planche savonnée. On pose les pneus là où l'on veut, d'une caresse sur le volant et l'accélération qui s'ensuit stabilise définitivement la voiture sur sa trajectoire. Les quelques centaines de kilomètres parcourus depuis très tôt ce matin ont passé très vite, le plaisir de conduire se mêlant à de longues réflexions sur l'objet de ma visite à ce notaire de campagne. Plus j'approche du but, moins j'ai de réponses aux questions posées depuis ce fameux coup de fil. La forêt fait place au bocage, damier de pâtures séparées les unes des autres par des haies à l'air farouche. Plantées là par le temps et par les hommes, teigneuses face au vent et à la pluie, elles semblent indéracinables, posées une fois pour toute au profond de cette terre d'argile. La dernière pâture vient lécher les soubassements en briques de la première maison du gros bourg où j'entre enfin. Face à l'église, une bâtisse imposante avec, accrochée sur le mur, une plaque d'un bronze terni par les ans: *Maître Jalabert, notaire.*

***

- Irina Komarov-Chotakine, princesse de Poulianka, né à Kazan en 1921, décédée en France, à Paris, il y a dix jours, à l'âge de quatre-vingt huit ans. C'est elle qui vous lègue un château sur les bords de la Volga -quarante quatre pièces sur vingt-deux hectares- un appartement à New-York, au vingt quatrième étage d'un building construit voici une vingtaine d'années, une ferme à l'abandon du

côté de Verdun et un ravissant jardin japonais et sa maison de papier dans la campagne au sud de Tokyo. Pour entretenir tout cela, elle vous fait l'héritier de l'ensemble de ses liquidités détenues dans cinq établissements bancaires, en France, en Suisse et en Allemagne. Pour un montant avoisinant les dix millions d'euros.

Estomaqué par la nouvelle, je garde la lippe pendante.

- Ce qui fait de vous un homme riche. Ou presque. Il faut d'abord que vous acceptiez cet héritage...et les conditions qui l'accompagnent.

Incapable de la moindre parole, je remue la tête pour tenter d'exprimer ma stupéfaction.

- Oui, je sais, ce genre d'annonce laisse sans voix. Je vais donc vous lire le testament d' Irina Komarov-Chotakine, et principalement les conditions, ou plutôt la condition qui pourrait faire de vous, si vous l'acceptez, l'homme riche dont je vous parlais tout à l'heure.

Avec un calme qui tranche d'avec mon ébullition intérieure, le notaire me lit le testament. Il hésite cependant en égrenant les quelques lignes qui stipulent la condition. J'ose croire qu'en les lisant, il a frémi imperceptiblement. Je n'ai pas frémi, je suis vide et rempli, et je pense: pourquoi moi ?

L'homme au bâton ferré

3 décembre 1144

Le fer du bâton de houx résonne clair sur les cailloux du chemin qui émergent de la boue glacée. La nuit de décembre est tombée depuis deux heures déjà sur la forêt d'Ardennes, seulement trouée par les pâleurs de la lune. L'homme marche vite, porté par un pas puissant et régulier, entouré d'un halo de buée qui givre une barbe drue. Sous la cape de laine, on devine un corps rompu à l'effort, des muscles souples et une volonté farouche tendue vers un but connu d'elle seule. Deux ombres basses surgissent brusquement à dix mètres du voyageur. Les loups le suivent à distance depuis quelques kilomètres, attendant l'instant propice à l'attaque. Mais la faim est trop forte et le mâle gris a décidé, il rampe presque maintenant vers la forme debout qui lève son bâton:
- *Non frère loup, pas ce soir. Mon heure n'a pas encore sonné. Je ne suis ni ton gibier ni ta proie.*
La voix forte fige le fauve qui hésite. La forme n'a pas peur, il le sent. Elle ne fuit pas comme c'est toujours le cas. Au contraire, elle approche, la main nue tendue vers lui, elle approche à le toucher. La femelle a compris qui fuit vers la sécurité de la forêt, mais lui il se sent incapable de bouger, d'échapper à la main qui approche, qui se pose maintenant sur

son cou, sur sa tête. Il se détend, surpris par la douceur de cette caresse dont il ne connaît rien. L'odeur est forte, un mélange de sueur et de fumée, l'odeur de l'homme. Le loup a relevé son museau, et lentement il lèche cette main étrangère et amie.

***

Le frère portier rote avant d'asseoir sa carcasse de bœuf sur la paillasse de sa cellule. Qui peut ainsi le réveiller à cette heure, en pleine nuit d'un mois de décembre que de mémoire de moine on n'a jamais connu si froid ? Il rote encore, frottant de sa main noire et calleuse un estomac trop remplie de cette bière dont il a abusé ce soir en cuisine. En maugréant, il se dirige vers la double porte qui les protège du monde et entrouvre la grille du parloir.
- *Qui va là à cette heure ?*
- *Préviens ton abbé que maître Horace est là et qu'il veut s'entretenir de suite avec lui!*
- *Mais notre abbé dort et...*
- *Alors réveille le et ouvre cette porte avant que la colère ne me prenne !*
La voix n'appelle aucune contradiction et le frère portier s'exécute. D'un geste ample, le visiteur se débarrasse de sa cape et foudroie le moine:
- *J'ai faim et soif. Donne moi de quoi me rassasier et va dire à l'abbé que je l'attends ici. Cours!*

Terrifié, le moine réapparaît quelques minutes plus tard en serrant une miche et du fromage.
- *Voilà seigneur....*
- *Du vin, je veux aussi du vin!*
Le pichet survient aussi vite que le pain.
- *Voilà des miracles comme je les aime. Va et annonce mon arrivée. J'attends!*

***

- *Tu bailles quand tu me vois, l'abbé...c'est peu flatteur pour moi !*
- *Pardonne mon impudence, maître Horace, mais j'ai travaillé fort tard hier au défrichage de la clairière. Mes frères et moi sommes sur le point de poser la première pierre des nouvelles écuries de la chartreuse. Ici, au Montdieu, la vie est bonne mais dure.*
- *Tu es tout pardonné Haimon. Je connais ton courage et ta foi. C'est d'ailleurs pour cela que je suis ici. Envoyé par Bernard.*
- *Bernard ? Tu as rencontré Bernard ? Et il t'envoie ici ! La chose doit être d'importance !*
- *En effet. Mais importance n'est pas le mot juste. Sidérante serait plus exact.*
- *Sidérante ?*
- *Oui, mais assied toi et écoute moi. Ne m'interrompt pas, quoi que tu puisses entendre, écoute moi comme si c'était Bernard qui te parlait. Après tu pourras hurler ou prier...*
- *Mais...*

- *Non, tais-toi, prend ce vin, bois-le et écoute !*
Le visage de l'abbé trahit une angoisse lourde quand il porte le gobelet à ses lèvres. Puis il se ressaisit. Plongeant ses yeux dans le regard du moine, Horace commence.

- *Tu n'es pas sans ignorer cette légende qui raconte qu'il y a fort longtemps, une étoile est tombée du ciel, ici à Montdieu, dans le bois qui longe l'abbaye. Or, j'ai la certitude aujourd'hui que ce n'est pas une légende. Bernard a en sa possession d' anciens écrits où il est dit qu'un trait de feu est apparu dans le ciel et que ce feu s'est écrasé sur la forêt, déclenchant un incendie qui dura des semaines. Quand les flammes furent devenues des cendres, les hommes d'alors trouvèrent un cratère au fond duquel gisait une pierre ou ce qui leur sembla être une pierre. L'un deux, plus courageux ou plus fou que les autres descendit voir de plus près, armé d'un bâton. Ses compagnons le virent lever le bras et frapper de toutes ses forces sur la pierre. Un son métallique résonna dans le cratère, un son qu'aucun d'entre eux n'avaient jamais entendu. Il est écrit aussi qu'au moment où l'homme frappait, il disparut comme par enchantement dans un nuage de fumée. Pris de terreur, ils s'enfuirent tous et l'endroit redevint sauvage, marqué d'un interdit absolu. La Tradition prétendit que quiconque se rendrait dans cette partie de la forêt se verrait transformé en*

fumée. Au cours des siècles, la nature a repris ses droits, la forêt a repoussé et à part quelques érudits comme toi, plus personne ne se souvient de cette légende. Voilà pourquoi Bernard m'a demandé de venir te voir.
- Pardonne-moi, maître Horace, mais je ne vois rien de sidérant dans cette histoire. Je connais cette légende en effet, mais j'ignorais qu'elle était consignée dans des écrits anciens. Pour moi, tout cela est fort simple, il s'agit non pas d'une étoile mais d'un météore. De grands savants antiques ont décrit de tels phénomènes.
- Tu dis vrai, l'abbé. Mais ici point de météore, point de pierre. Ici, la chose est faite de métal et de plus, elle est.....creuse.
- Creuse ? Comment cela ? L'as-tu vue ?
- Oui.
- Mais encore ?
- J'ai vu le dehors, et j'ai vu le dedans.
- Le dedans ? Tu l'as ouverte ?
- Non. ON m'a ouvert.

***

L'ordre de Bernard avait été formel: les moines de Montdieu devaient construire sous les caves de la chartreuse une salle suffisamment grande et confortable pour accueillir des visiteurs et permettre à Horace de les attendre. Longtemps. Très longtemps. A l'arrière de la salle, ils devaient paver la terre battue de façon à ce que le sol puisse soutenir le poids d'un objet lourd pendant de longues années. Bernard leur donnait cinq mois pleins pour réaliser la pièce. Et personne, jamais, ne devrait en parler, ni même simplement l'évoquer, sous peine d'excommunication. Quand Maître Horace se tait, Haimon tremble encore. Il a la force de déglutir sa salive mais aucun son se sort de ses lèvres asséchées.

- Maintenant tu peux parler, Haimon. Tu es en droit de me poser toutes les questions qui t'agitent.

- Une seule, Horace. Une seule. QUI t'a ouvert la...chose de métal ?

- Personne en chair et en os. Mais elle était habitée, je le jure. Je sentais sa présence jusque sur les poils de ma peau. Mais je ne vis rien...aucune parole non plus, mais une force telle que j'ai compris ma faiblesse d'homme.

- Était-ce...Dieu ?

- Non, ni dieu, ni diable. Une force vivante mais que je ne pouvais voir, seulement la sentir. Mais j'ai su que contrairement à ce qui est dit dans le dogme, nous n'étions pas les seules créatures de l'univers. Et Bernard aussi le savait. Voilà pourquoi, tout ceci doit rester secret. A partir d'aujourd'hui, Bernard, toi et moi, nous sommes des hérétiques.

***

30 avril 1145

Les travaux de maçonnerie et d'aménagement touchaient à leur fin. Les moines avaient creusé à trois mètres sous la cave principale une salle de douze mètres de longueur sur sept mètres cinquante de largeur. Ils avaient dallé le côté sud de ce rectangle parfait en prenant soin de solidifier ce dallage à l'extrême en prévision d'une lourde charge à supporter. Chaque pierre plate était jointe avec précision à sa voisine, ce qui donnait à l'ensemble une surface rigoureusement plane. A l'avant de la pièce, une table de chêne, deux bancs et un gros coffre se partageaient l'espace avec plusieurs châlits destinés au repos. On accédait du dehors par une large brèche dans la muraille qui serait maçonnée plus tard. Aucun des quatorze moines du lieu n'osa poser de questions. Haimon leur avait ordonné ces travaux comme une mission voulue par Bernard et les avaient adjurés de garder le silence sur ce qu'ils faisaient et ce qu'ils verraient. Maître Horace et Haimon les réunirent ce matin du 30 avril et leur firent préparer le char à bœuf qu'ils renforcèrent. Plusieurs longs chevrons de chêne et deux gros madriers y furent stockés. Les quatre bêtes durent tirer plus fort que d'habitude pour décoller l'attelage, suivi des moines, d'Horace et du prieur. Ils cheminèrent peu de temps pour

arriver dans la forêt proche; Horace fit un signe de la main:
- *Ici, c'est ici que nous arrêtons. Frère Guillaume, fais tourner tes bœufs sur le chemin. Ils doivent être prêts à repartir.*
Le moine exécuta la manœuvre avec habileté et s'adressa à Horace:
- *Maître Horace, puis-je te demander ce que nous allons transporter ?*
- *Quelque chose que tu n'as jamais vu et que tu devras enfouir au profond de ta mémoire, sous peine d'être damné pour l'éternité. Toi, et les frères ici présents. Souvenez-vous, vous devez tous garder et porter ce secret jusqu'à votre dernier souffle. C'est la volonté de Bernard. Elle doit être strictement respectée. Je ne peux vous en dire plus. Moi-même, j'ignore quelle est la chose que vous allez voir, je ne sais d'où elle vient. Je sais seulement que nous devons la mettre en sécurité dans la salle pavée. D'autres questions ?*
Le silence répondit à Horace. Il parla d'une voix sourde:
- *Nous allons entrer dans la forêt. Près d'ici se trouve un grand creux dans le sol. Il faudra creuser pour dégager la chose et la ramener au char. Prenez vos pioches, vos pelles et des cordes. Ainsi que les chevrons. Allons-y.*
Horace s'arrêta quelques mètres plus loin et bifurqua sur sa gauche. Quelques pas plus loin, ils se trouvèrent face au creux dont il avait

parlé. Il s'avança, dégageant avec vigueur d'épais paquets de broussailles. Un dôme de métal apparut. Sur un signe, les moines s'approchèrent, hésitants. Horace verrouilla son regard sur eux, il brûlait de volonté et d'autorité.

- *Creusez, nous devons rentrer avant complies (2). Creusez de toute la force de vos âmes et de vos bras.*

Les religieux s'exécutèrent avec discipline, et la chose fut bientôt entièrement dégagée. Toute de métal et ronde, sans aucune aspérité, on aurait dit une grosse bille de trois mètres de diamètre, d'une couleur indéfinissable qui oscillait entre le gris et le bronze. Tous regardaient la sphère, incapables de la moindre explication. Horace positionna quatre chevrons à sa base, les réunissant entr'eux par des liens de chanvre. Il recommença la même opération pour obtenir cinq cadres de bois. Il les ajusta en formant autour de la sphère les arêtes d'un cube auxquelles il fixa solidement les longues cordes.

- *Quatre hommes tireront sur la corde de droite et quatre sur la corde de gauche. Trois pousseront sur le chevron de droite et trois sur le chevron de gauche. La sphère roulera, en étant retenue par le cadre de bois. Nous l'amènerons au char de cette façon. L'essentiel est d'y mettre votre force en même temps, à mon ordre. Je crois en vous mes frères. Prêts ? Tirez !*

Le chêne du cadre couina sous la tension au moment où les bras se tendirent. L'effort continu des hommes se prolongea jusqu'à ce que la sphère fut sortie de son ornière. Enfin, ils soufflèrent. Ils furent au char en moins d'une heure, harassés. Horace et Haimon bloquèrent les deux madriers sur la structure du char, en pente douce. Les moines avaient compris et ils se placèrent pour tracter une dernière fois la sphère qui roula sur le plateau.

- *Merci mes frères. Votre courage n'a d'égal que votre grandeur d'âme. Merci pour cet effort. Rentrons maintenant.*

La sphère fut posée à l'endroit qui convenait et la brèche de la muraille comblée. Le soir même, Horace s'adressa à Haimon:

- *Ta mission et celle de tes moines sont remplies.*
- *Que devons-nous faire maintenant ?*
- *Oublier tout cela, et prier. Prier pour le salut de nos âmes et la grandeur de Dieu.*
- *Prier, soit. Cela est ma vie. Mais oublier ! Comment oublier ?*
- *En te disant à chaque instant que cet oubli est ta charge et ton devoir et que tu es condamné à y parvenir. Au nom du Tout Puissant, au nom de Bernard, au nom de l'humanité, celle du présent et celle du futur...*

Haimon resta étrangement calme bien que livide. Trouvant enfin la force en lui, il susurra à Maître Horace:
- *Je promets, en mon nom et au nom des frères de l'abbaye. Le silence sera notre conduite.*
Horace, les larmes aux yeux, posa la main sur l'épaule du moine dans un geste d'une infinie douceur.
- *Adieu, Haimon. Je serai si près de toi, et si loin...*

***

Nuit du 30 avril au 1er mai 1145

Les griffes entament à peine la trappe juste suffisante pour laisser passer un homme. De rage, le loup gris mord le bois sans plus de résultats. Dépité, l'animal s'en retourne vers la forêt le flanc bas quand une odeur sacrée le fige. Ses yeux discernent l'homme près de la trappe, il a la main tendue, la main qui l'appelle.
- *Tu veux donc me rejoindre frère loup ? Est-ce ta place ici ?*
La bête fait dix pas, puis vingt autres. Son museau flaire ces doigts qui ne tremblent pas. D'un mouvement souple, il vient placer la tête sous la main d'Horace.
- *Bien, tu as choisi.*
D'un bond, le loup s'engouffre dans la trappe avec un grognement joyeux.

Il neige

Mi- avril 1615

Il neige. Des pétales de cerisier. Le vent les distribue avec nonchalance à la terre. Minoru attend. Son ventre est serein, libéré de la peur à venir. Les trois rônins (3) qu'il distingue loin vers le sud ont la charge de représenter leur école lors de ce combat d'honneur. Le sabre aussi est calme. L'acier niché dans le fourreau, il attend l'heure du sang. Sans peur et sans haine. Minoru revoit en esprit toutes les techniques apprises, les coupes, les feintes, les parades, les déplacements de pieds. Il sent monter en lui le désir du combat, il attend ce moment où son esprit, sa technique et son corps ne feront plus qu'un face à l'adversaire. A cet instant là, surtout, ne plus penser, car penser ce serait mourir. Minoru respire profondément, les yeux mi-clos, puis il se détend et observe quelques fourmis charriant des pétales comme s'il s'agissait d'un trésor inestimable. A vingt trois ans, il a déjà connu le chaos du champ de bataille et il ne craint pas la mort, pourvu qu'elle soit honorable, le sabre à la main. Le maître du Dojo (4) lui a fait l'honneur de le choisir pour démontrer leur art face une école rivale. Ces échanges, fréquents à l'époque, se terminent souvent par la mort d'un des budoka, voire même, s'ils sont de force équivalente, par leur mort simultanée. Minoru étudie Aiki In Ho Yo, le célèbre art du combat du clan Takeda, depuis une dizaine d'années et il a obtenu l'année précédente le Menkyo, diplôme qui reconnaît sa maîtrise dans les dix-huit techniques de budo qu'un samouraï se doit d'intégrer. Outre le sabre, il excelle dans le tir à l'arc, l'équitation, la hallebarde, la lutte, la lance... mais aujourd'hui ses adversaires appartiennent à un ryu[5] redoutable et il lui faudra se surpasser. Le crissement des pas sur la terre sèche le sort de sa méditation. Les trois bushis lui font face et le saluent avec cérémonie. Il se lève et les salue à son tour. Celui qui semble le plus âgé se détache du groupe:

- *Je suis Kenji Icheda, et voici Taishou Yishita et Riku Takahashi.*
- *Mon nom est Minoru Yoskikawa de l'école Aiki In Ho Yo. Je vous salue respectueusement.*
- *Nous te saluons également. C'est un honneur pour nous de te rencontrer. Cependant, le senseï* [6] *du dojo Katori Shinto Ryu souhaite adresser un message à ton maître. Il l'invite à laisser les lames au fourreau et reconnaît que nos deux écoles sont l'une et l'autre anciennes et prestigieuses. Il ajoute que la mort de l'un d'entre nous est une perte pour nos écoles respectives, d'autant plus qu'aucun différent ne nous oppose. Le senseï propose de réserver notre énergie et notre force à l'affrontement de nos ennemis communs. Il est est persuadé que ton maître, dans sa grande sagesse, acceptera*

que nous nous rencontrions autour du saké plutôt que dans un duel à mort.
- Dès mon retour au dojo, j'informerai mon maître de ton message. Votre Senseï parle avec son cœur et je suis persuadé qu'il acceptera sa proposition. Le sang ne coulera pas aujourd'hui.
La tension palpable dans l'air s'efface quand les quatre hommes s'assoient sur leurs nattes et partagent l'alcool de riz et des boulettes de riz, les onigiri. Tard dans l'après-midi, Minoru reprend le chemin du dojo, l'humeur légère, satisfait de la tournure des événements. La vue des toits du village de Takeda pressent son pas tant il a hâte d'annoncer la nouvelle au maître.

***

Assis en seiza face à lui, le maître sourit:
- Cela est fort honorable et montre combien le senseï du Katori a compris l'art du combat, en ce sens que le plus beau des combats, c'est l'absence de combat.
- Dois-je lui porter moi-même le message ?
- Tu partiras demain à l'heure du lièvre (7). Va te reposer.
L'aube tire Minoru d'un sommeil paisible et profond. Kimiko, la servante du maître lui apporte du thé, du riz et le message enroulé dans un tube de bambou. Une lanière de cuir fin permet de le porter en bandoulière. Le

jeune samouraï glisse ses deux sabres dans son obi (8) et sort. Des nuages noirâtres que le vent pousse sans ménagement annoncent de la pluie pour la journée, ce qui ne trouble pas Minoru. Le vent et la pluie font partie de la vie, rien ne sert d'en prendre grippe. Seule sa mission compte. Avec ce message, une nouvelle ère pointe à l'horizon et il en saisit toute l'importance. Les rapports entre les clans, les écoles ou les grandes familles allaient se modifier, laissant place au dialogue plutôt qu'au combat. La période des grandes guerres n'est plus qu'un souvenir et sous le nouveau shogunat des Tokugawa, la paix s'installe dans le pays. Minoru dépasse les portes du village et marche droit au nord. Très vite, il aborde les premiers contreforts de la montagne et le sentier escarpé ne tarde pas à devenir glissant. Un grondement sourd éclate au-dessus de lui, plus haut dans la montagne. A la pluie qui redouble se mêle l'orage, et des zébrures bleutées déchirent le ciel. Le chapeau en paille de riz qu'il a pris soin d'emporter ne le protège presque plus. Il s'en débarrasse en le lançant dans le vide qui borde le flanc de la montagne. Une rivière impétueuse, grossie par l'eau du ciel roule au fond du précipice. Minoru connaît le chemin et il sait qu'il lui faudra traverser l'abîme sur un pont de bambou et de cordes tendu sur la gorge, à près de cent mètres au-dessus des flots. Il atteint l'endroit plus tard dans la matinée et prudemment, il vérifie la solidité des cordages en secouant le pont. Une énorme chaîne de fer enserre les premiers poteaux du pont et vient s'accrocher à la paroi, dégageant une impression de solidité. Sans crainte, Minoru s'engage, tenant fermement la chaîne. L'éclair qui frappe les maillons de métal le projette sur la rampe de cordes qui cède sous la violence du choc. Il bascule d'un bloc vers le vide et l'eau...

Le temps s'est suspendu, à ses oreilles ne parvient plus que le léger chuchotement du vent. Il se sent porté, reposant sans consistance sur l'air. Suis-je mort, songe-t-il ? Il ne reconnaît ni la rivière, ni la montagne, l'orage a cessé et la pluie fait place à la tiédeur d'un soleil d'avril. Deux kamis (9) de la montagne l'emportent il ne sait où, mais l'heure est douce. Il ferme les yeux.

Le quadrille de la grenade

17 juillet 1916

Elle est arrivée en dansant, rebondissant sur l'air comme un chamois sur ses rochers, sa peau glacée sifflant fort au soleil de midi. Midi, juste moitié du jour, rasoir immuable qui tranche la lumière d'un clair matin pour l'adoucir et l'amener au soir, aux brumes sombres de la nuit. Elle est arrivée à midi, midi pile sonnant au loin, les douze coups vibrant lourd sur le clocher stupide qui se moque des hommes et qui se moque des guerres. J'ai le temps d'apercevoir le quadrillage régulier de sa surface, la courbe douce de son corps, le trou béant de la goupille disparue. Elle m'arrive avec force, sûre de la nuit qu'elle apporte, brisant mes éclats de jour dans un tonnerre d'acier. Je la vois qui s'écrase, roulant sur l'herbe pour se caler contre une taupinière. Pas d'explosion, juste un chuintement puis le silence. C'est mon jour, pas celui de mourir. Je ris à en hurler, le pantalon trempé me collant à la peau. C'est alors que je réalise que le type qui l'a balancée n'est pas très loin, qu'il m'a peut-être dans son viseur, qu'il doit jurer sur ces putains de grenades humides. Je me jette à plat ventre et je rampe à toute allure vers la tranchée. Tous les copains sont là, ils m'encouragent, crient et gesticulent au bord du parapet. Une balle me siffle au ras des cheveux, puis une seconde.

J'ai senti la brûlure sur la peau de mon crâne, juste une estafilade. Un mètre encore et des mains m'agrippent sans douceur pour m'attirer dans le boyau, à l'abri. C'est à ce moment là qu'elle explose, loin derrière moi, seule et inutile. Les gars tirent plus fort et le remblai cède d'un coup, me précipitant sur le sol de la tranchée, juste à l'endroit où gît une herse barbelée sur laquelle je m'empale. Je n'ai pas mal. J'ai juste l'impression d'un départ vers des contrées secrètes.

***

29 juin 1916

Dans ses yeux d'amande verte, tout s'est soudain embrumé. Sa main s'est accrochée à ma vareuse pour me retenir mais le train tremblait déjà sur ses rails.
- Reviens vite, j'ai tant besoin que tu reviennes...
- L'endroit où je suis affecté est calme en ce moment. Je ferai attention. Je te le jure.
- Non, n'y va pas, n'y va pas. Reste. Là-bas tu vas mourir, je le sens...
Elle avait crié si fort que les copains assis sur les bancs du wagon s'étaient tous tus soudainement.
- Je n'ai pas envie de mourir et je t'aime fort ma belle!

Elle courait presque à côté du train en tendant le bras vers moi, mais la locomotive accéléra, l'abandonnant en pleurs sur le quai. La campagne défila derrière la vitre, nous laissant tous dans un silence oppressant. Un caporal à moustaches me lança:
- *C'est ta femme ?*
- *Non. On s'est rencontré hier, je ne connais pas son nom et elle ne connaît pas le mien. Je sais juste qu'elle habite derrière la fonderie. On ne se connaît pas, mais c'est comme si on se connaissait depuis mille ans. Je la retrouverai un jour et on vivra ensemble.*
- *T'es amoureux toi dis donc ! Et comment ça se fait que tu lui aies pas demandé son p'tit nom?*
- *C'était pas nécessaire...*
- *Et toi, ton nom ?*
- *Je suis de l'assistance, j'en ai pas vraiment. Tu peux m'appeler Trouvé, c'est comme çà qu'ils disaient là bas.*
- *Trouvé ? En tout cas elle est bien belle ta dame. T'as de la chance malgré tout.*
- *Merci...*
- *Durandal, comme l'épée, c'est mon nom.*
- *Merci Durandal.*
Le voyage s'étira lentement entre les blagues de Durandal et les quolibets que les hommes se lançaient entr'eux. La légèreté de leurs paroles cachait l'angoisse de retrouver le front, ce bout du monde qui vous plaçait à tout

moment entre la vie et la mort. La plupart revenait de permission et tous avaient en tête ce sentiment que la femme aimée, leur famille ou leurs amis ne comprenaient rien à ce qu'ils vivaient dans les tranchées. On les fêtait comme des héros, ils n'étaient que des survivants en sursis. Rien ne servait de décrire la boue et le sang des copains, les cris ponctués par les rafales de mitrailleuses, **la peur**, la peur constante qui vous faisait pisser de trouille au bord du parapet, avant l'attaque. A chacun de leur mot, on leur répondait par des rires, par la grandeur de la patrie - quelle chance de se battre pour l'honneur et la gloire- et tous refermaient alors en silence la boîte intime de leur histoire. On buvait. On faisait semblant d'être brave pour sauver la face. Arrivait alors l'envie de revoir les camarades de combat, ceux-là pouvaient comprendre, même sans les mots. On buvait encore et puis on repartait, vide d'amour, prendre le dernier train.
- *T'as une idée de où on nous envoie, Durandal?*
- *Aux dernières nouvelles, l'état major regroupe des troupes dans la Somme, entre Albert et Chaulnes. Paraît que çà va chier. Ils veulent leur faire payer Verdun. A mon avis, çà va être dur. Des Anglais sont arrivés pour nous aider.*
- *T'as peur, Durandal ?*

- Peur ? Je ne sais pas vraiment. Peur ou pas peur, qu'est-ce que ça change. On n'a pas le choix, faut y aller. Si on déserte, on nous fusille pour l'exemple. Face au peloton, tu meurs à coup sûr, dans les tranchées t'as une chance...

La logique de Durandal me fit du bien. Il avait raison, au cœur de la bataille, on a toujours une chance. Il suffit de la saisir. Et j'étais décidé à la saisir.

***

17 juillet 1916

J'ai vu Durandal tomber à trente mètres de moi. Quand il a voulu se relever, le claquement sec d'un Mauser l'a projeté sur une ligne de barbelés. Accroché comme un pantin, il bougeait encore et gueulait atrocement. J'ai rampé vers lui, je ne pouvais pas le laisser là, à mourir tout seul. Soudain, le silence. Les tirs cessaient. J'ai couru, courbé en deux, butant sans arrêt sur des ferrailles et des corps. L'explosion m'éclata les tympans à dix mètres de Durandal. Il avait disparu, à sa place un grand trou. Sonné, je n'ai pas pu pleurer, juste hurler son nom... Un souffle dans l'air m'a fait lever la tête. Elle arrivait, sombre et glacée. Droit sur moi. Une grenade.

***

Dans ses yeux d'amande verte, un soleil a brillé, effaçant ma douleur d'un rayon plein de vie. J'ai voulu lui parler, elle m'en a empêché d'un baiser lèvres douces.
- *Ne dis rien. Ils t'ont amené ici pour te soigner.*
Elle portait la coiffe blanche des infirmières et me serrait la main à la broyer.
-*Ne me demande pas comment je suis arrivée ici. Je t'emmène. Dans un endroit que nul au monde ne connaît. Je t'emmène. Endors-toi.*
Mon rêve s'est poursuivi dans l'eau de ses yeux clairs, mon rêve brisé de temps à autre par un cahot plus dur que les autres. Elle m'emmenait. Où et comment, elle seule le savait. J'ai dû rêver des nuits et jours. Et même encore quelques nuits. A mon réveil, j'étais ailleurs, sous une voûte de pierres, allongé sur un châlit de bois couvert de paille. Deux hommes me fixaient en silence. Deux hommes et un loup gris.

Échafaudages

21 mars 1988

Jack

La vie n'est plus pareille. Plus depuis qu'il est tombé vingt-quatre étages plus bas. Mon ami. Mon équipier. Mon partenaire d'altitude. La faute à un rivet mal placé. Il a voulu l'occire à la pince coupante pour en replacer un neuf, mais ce jour là, la poutrelle était glissante, il a tiré, le rivet a résisté, il a tiré plus fort, trop fort, et la tête en métal s'est cassée d'un coup. Dans l'élan, il a reculé, son pied a glissé, et pouf, il est parti. Il n'a même pas crié. Je l'ai regardé tomber, longtemps, par terre on aurait dit un chiffon qu'on aurait laissé tomber d'une poche et qui faisait un petit tas. Milton s'est écrasé sur le trottoir presque avec légèreté, vol définitif d'une âme au poids de plume. Milton. Lui qui gravissait les ossatures de fer avec la certitude du point sur le i, lui qui glissait de poutrelle en poutrelle, à cheval sur le vide et un sourire aux lèvres. En bas, un attroupement s'est rapidement fait, ils regardaient tous en l'air en faisant de grands gestes. L'un d'eux a soulevé d'une main ce qui paraissait être le pantalon bleu de Milton. Puis son tee-shirt blanc. Rien dedans. Pas de corps. Quand le moineau gris qui voletait autour de moi en piaillant s'est posé sur mon épaule, j'ai soudain tout compris, et j'ai souri à Milton.

***

Milton

J'ai su que la chute était inéluctable quand mon pied a glissé sur l'acier froid de la poutrelle. La vitesse et le vent m'ont grisé, je voyais la grande ville s'étirer sur des kilomètres de rues et de trottoirs, elle bouillonnait comme bouillonnaient les eaux de la rivière de mon enfance. L'image de mon grand père souriant s'imposa à mon esprit, rayonnant de lumière. Je l'entendis me dire *« appelle l'oiseau qui vit dans ton cœur »* et le défilement rapide des étages du building cessa. Je remontai à tire d'ailes vers le sommet de l'édifice en construction pour me poser sur l'épaule de Jack, mon équipier qui pleurait. Il m'a reconnu, c'est sûr et il sourit maintenant car avant d'être un oiseau, je suis Milton, un Mohawk (10).

***

Début octobre 1973

- *Ici, même les ours marchent sur la tête.*

C'est du moins ce qu'affirmait mon Grand-Père en m'indiquant du doigt un pic rocheux noyé dans les arbres. Ce coin des Adirondacks (11) respirait la magie. Les feuillages d'automne viraient du brun au rouge en passant par des jaunes dorés d'une luminosité exceptionnelle.

Autour de nous, tout n'était que beauté et luxuriance, une nature gavée par les eaux des torrents qui dévalaient les pentes en éclaboussant les innombrables variétés de fleurs qui tapissaient le sol.

- Tu dis que les ours marchent sur la tête? Comment font-ils, Grand-Père ?

- Je voulais dire que les ours sont un peu cinglés par ici. Mais rassure-toi, ils marchent sur leurs pattes, comme tous les ours.

- Cinglés ? Pourquoi ?

- Parce qu'ils mangent cette petite baie rouge que tu vois dans ce buisson, et que cette baie te rend très joyeux si tu en manges beaucoup, et les ours sont gourmands. J'en ai vu un qui titubait et qui tournait sur lui-même en grognant. Ce jour là, j'ai pu prendre sa peau sans qu'il s'en rende compte...

Grand-Père souriait en repensant à cette belle fourrure gagnée sans peine. Il ajouta:

- Si je t'ai emmené avec moi aussi loin dans la forêt, c'est parce que l'heure est venue pour toi de rencontrer ton double animal. Nous les Mohawks, nous avons tous une vie dans un animal. Mon animal à moi, c'est la salamandre. Je peux sauter dans les ruisseaux et me transformer d'un seul coup .... Il suffit que j'appelle la salamandre qui vit dans mon cœur. Tu dois choisir ton animal aujourd'hui et le garder toute ta vie.

- *Mais comment le trouver ? Comment le choisir ?*
- *Ne t'inquiète pas, on va aller voir Un Œil, il habite dans les parages, c'est pour çà que je t'ai pris ce matin, et c'est pour çà qu'on est ici.*
- *Un Œil ?*
- *Oui, c'est un vieux Mohawk, le plus vieux de nous tous. Il sait beaucoup de choses, sur les hommes et sur les animaux. Il parle avec les esprits, il parle même avec les fleurs. C'est un grand sage. Il saura te dire quel est ton animal. Il faudra juste que tu l'écoutes, que tu ne dises rien et que tu fasses exactement ce qu'il te dit, sans poser de questions.*

La marche rendue plus difficile par les brusques déclinaisons du terrain commençait à me fatiguer. Je sentais mes muscles se tendre à chaque pas dans les montées et se raidir dans les descentes pour éviter de me laisser emporter par la vitesse.

- *Ne pense pas à tes pieds, laisse faire. Tu deviendras léger comme la plume. Laisse faire et marche comme si tu étais un caillou ou une feuille, comme si tu faisais partie de tout çà. Laisse faire mon garçon, ta fatigue s'envolera bien vite.*

Je m'efforçai d'appliquer les conseils de Grand-Père. Difficile de ne pas penser aux creux et aux bosses, mais petit à petit j'y arrivai et comme par enchantement, je ne sentis plus mes courbatures. Grand-Père me

jeta alors un coup d'œil satisfait et accéléra le pas. Je suivis sans peine. Nous débouchâmes sur une plate forme de roc qu'on ne pouvait apercevoir d'en bas. Un vieil indien, assis devant l'entrée d'une hutte de branchages dégustait un long cigare. Il nous salua d'un bref signe de tête, une lueur amusée dans l'œil. Son œil droit, le gauche laissant la place à une cicatrice de peau rougie. Je compris soudain pourquoi on l'appelait Un Œil...
- Alors, tu m'amènes ton petit fils pour trouver l'animal ?
- Si tu l'en juges digne, Un Œil. Seulement si tu penses qu'il peut...
- Et tu n'as amené que le gamin ?
Grand-Père souleva le coin de sa veste de chasse et sortit de la poche intérieure un flacon aux reflets dorés. Du bourbon.
- Je goûte et je dis si les dieux sont d'accord.
De sa bouche édentée, le vieux fit sauter le bouchon et s'envoya une rasade copieuse. Sourire de contentement. Il tira une bouffée sur le cigare et me regarda. J'eus l'impression qu'il m'enfonçait la lumière de son œil au tréfonds de mon être.
- Ça ira pour le petit.
- Merci, Un Œil. Et pour quel animal ?
- L'oiseau, le plus simple, un moineau. De toute façon, il a l'air d'un moineau.
Un Œil partit alors d'un rire monstrueux qui gagna Grand-Père. Les deux se tordirent

tellement fort qu'ils tombèrent sur la pierre en hoquetant.
- *C'est bon signe, ton petit m'a fait rire. Maintenant, c'est le moment...*
- *Tu es sûr de toi ?* dit Grand-Père soudain inquiet.
- *On n'est jamais sûr de rien avec les dieux...mais je crois que c'est bon...*
- *Alors vas-y.*
Un œil se releva et s'approcha de moi.
- *Tu vas appeler l'oiseau qui vit dans ton cœur, et appelle le vite...*
Il me saisit brusquement, me soulevant sans effort malgré sa maigreur et son âge. Il marcha vers la pointe de la plate forme rocheuse d'un pas ferme.
- *Appelle le vite !*
Et Un Œil me lança avec puissance dans le vide.

***

Mars-avril 1988

Jack

Le plus dur fut de convaincre le chat de Milton que le moineau sur mon épaule était son maître. Qu'en conséquence, interdiction de le croquer ! A plusieurs reprises, le matou tenta des approches meurtrières, mais à chaque fois, une claque sur la tête lui remit les idées en place. Un soir pourtant - cela faisait deux semaines que je ne sortais plus de chez Milton et mes provisions s'épuisaient – je dus me résoudre à sortir. Je laissai Milton dans une cage achetée par précaution et que je pendis au plafond de la chambre, porte fermée. J'en avais pour dix minutes, le drugstore n'étant qu'à deux pas. Le chat dormait sur un fauteuil d'un sommeil que je crus profond. Quand je rentrai les bras chargés de victuailles, il avait disparu de son fauteuil et la porte de la chambre grande ouverte me fit hurler. En entrant, plus de cage accrochée, elle avait roulé par terre, vide. L'estomac tordu, je jetai un œil de l'autre côté du lit. Le chat tenait l'oiseau entre ses pattes et lui léchait les plumes avec amour. Il avait reconnu Milton.

***

Milton

Début octobre 1973

J'ai cru mourir de peur. Le sol se rapprochait à une vitesse terrifiante. J'ai crié « *l'oiseau, l'oiseau* » et la cime des arbres m'est apparue soudain plus proche. Je me suis posé, le cœur battant, sur la dernière branche d'un sequoia géant. Je pouvais voir Grand-Père et Un Œil qui gesticulaient en bas en me faisant des signes. J'avais réussi. J'avais trouvé mon animal. Je m'envolai vers eux et me posai sur la main d'Un Œil. D'un souffle aux relents d'alcool, il me rendit ma forme humaine.

- Le problème avec l'animal, c'est que tu peux devenir lui mais que lui ne peut redevenir toi sans mon aide. Tu es trop jeune. Il faudra que tu restes ici, avec moi. Je t'enseignerai la manière de redevenir humain. Si tu ne le peux pas, n'appelle plus jamais ton animal, sauf en cas de danger mortel. Mais tu demeureras animal. N'oublie jamais cela.

***

Jack

Avril 1988

La lettre renfermait un billet d'avion pour l'Europe, aéroport de Bruxelles-Belgique, un chèque conséquent pour les frais du voyage et un texte signé par une certaine Irina, une princesse russe qui connaissait visiblement la situation dans laquelle nous nous trouvions Milton et moi. D'une écriture fine, elle m'expliquait que faire en débarquant à Bruxelles, m'indiquait un itinéraire précis qui aboutissait quelque part dans les Ardennes et terminait sa lettre en affirmant que serions accueillis sur place, sans préciser par qui. Tout çà m'étonnait bien un peu, mais depuis la transformation de Milton en oiseau, j'étais devenu philosophe et je pris ce courrier comme un signe. On guidait ma vie et je sentais qu'il fallait bien *laisser faire*. J'ai tout expliqué au chat et à l'oiseau en faisant ma valise. Ils n'eurent pas l'air plus contrarié que çà. Pas comme le préposé aux bagages de Kennedy Airport qui parut ahuri par la cage transportant un chat bien gras près duquel sautillait un moineau. J'ai laissé l'Amérique comme le serpent laisse sa peau, pour vivre une nouvelle vie.

Un héritage

2ème partie

14 septembre 2009

Maître Jalabert m'offre un magnifique cognac, un XO qui fleure bon le caramel dans sa robe cuivrée. Il me précise que cela va m'aider à entendre tout ce qu'il a à me dire et surtout ce que j'aurai à faire. Il commence:
- *La princesse Irina a acheté un certain nombre de résidences, appartement, maison ou château, dans plusieurs endroits du monde. Tous ces endroits ont en commun d'avoir vu vivre ou mourir des hommes, des êtres simples et exceptionnels, des êtres qui n'avaient jamais imaginé le destin qui les attendait...*
- *Elle connaissait ces hommes ?*
- *Laissez-moi tout vous raconter, Monsieur Molotov. C'est une histoire étrange, qu'un notaire, même le plus expérimenté, a quelque difficulté à intégrer...*
- *Excusez-moi, maître... continuez, je ne vous interromprai plus.*
- *Il faut savoir qu'Irina est une princesse. De ce fait, elle vivait assez recluse dans le château de ses parents, ne voyant que des gens de sa caste et cela rarement, compte-tenu de l'isolement du château, perdu à l'orée d'une immense forêt, non loin de la Volga, le plus grand fleuve d'Europe. Elle a dû faire appel à son imagination pour ne pas tomber dans l'ennui. Très jeune déjà, elle dévorait les livres de la vaste bibliothèque familiale, avec une*

prédilection pour les romans d'aventure. Elle a elle-même écrit plusieurs livres, jamais édités d'ailleurs. Elle pensait sans doute qu'ils ne le méritaient pas...Toujours est-il qu'à quinze ans survient l'événement qui va bouleverser sa vie. Son père, le prince Chotakine, embauche un nouveau jardinier. Il s'agit d'un sibérien, qui par l'excellence de son travail, transforme complètement les jardins et le parc du château où il cultive quantités de légumes et de fleurs, impossibles à obtenir normalement, du fait du climat rigoureux de cette région. Le prince en arrive à le surnommer « le magicien », tant les récoltes du potager sont abondantes et l'ensemble des végétaux du parc, arbres compris, se développent harmonieusement...
- Un Sibérien à la main verte ? Excusez-moi, continuez...
- En effet, on peut dire cela. Mais c'est Irina qui va découvrir le secret de cet homme. Lors d'une promenade dans le parc, elle le surprend à genoux devant un parterre de fleurs fragiles. Il caresse chacune d'elle avec amour et surtout, il leur parle...
- Il leur parle ? Pardon...
- Oui. Ivan, puisque c'est son nom, raconte alors à la jeune fille qu'il a le don de communiquer avec les végétaux et qu'il entretient avec eux une relation qui défie la raison. S'il disait cela ouvertement, on le

croirait fou...Mais Irina le croit, elle le croit tellement qu'elle lui demande comment cela est possible...Après quelques hésitations, Ivan décide de transmettre à la princesse la vision du monde et de la nature qu'ont les peuples du Nord de la Sibérie. Irina est bonne élève, en peu de temps, elle apprend quantité de choses et développe elle-même des capacités un peu particulières...notamment le ressenti d'événements à venir. Curieuse, elle se met à étudier ce qu'on appellerait aujourd'hui les neurosciences et s'intéresse à la psychanalyse. Elle se plonge dans le travail, cherchant une unité dans son soin de comprendre le monde. C'est à ce moment, elle a alors dix-huit ans qu'elle axe ses recherches sur la mémoire et sur la façon dont elle fonctionne.
- Elle travaille seule ? Fréquente-t-elle des savants, des chercheurs, des universités ?
- Au début, recluse dans son château, elle lit tout ce qu'elle trouve sur le sujet. Mais très vite, le besoin se fait sentir pour elle d'approfondir ses connaissances. La guerre qui éclate lui donne l'occasion de partir loin de son pays. Le prince a décidé d'émigrer aux États-Unis, d'autant plus que le régime soviétique, qui les a laissés tranquilles jusque là, commence à s'intéresser à eux. Ils partent, on peut même dire qu'ils fuient et débarquent à New-York en septembre mille neuf cent trente neuf. Quelques jours après la mort de

Freud. Irina y verra d'ailleurs un présage de sa vie à venir. A partir de ce moment, elle fréquente des universités prestigieuses comme Yale, où elle étudie les beaux arts et l'architecture, considérant que ces deux branches ont un lien étroit avec la mémoire. Plus tard, vers mille neuf cent cinquante-deux, elle intégrera l'École de Palo Alto, en Californie, où elle effectuera des recherches en psychologie et en cybernétique...
- Impressionnant. Mais quels rapports avec moi ?
- J'y arrive, Monsieur Molotov. A Palo Alto, Irina s'éprend d'un jeune chercheur avec lequel elle a un enfant, un garçon. Mais le couple se sépare en mille neuf cent soixante-douze et Irina décide de rentrer en Europe, sans son fils qui vient de se marier avec une jeune femme d'origine norvégienne qui désire retourner dans son pays. Elle s'installe alors à Paris. Toujours obsédée par la mémoire, elle se consacre à l'étude des livres d'heures du moyen-âge et des manuscrits anciens, notamment ceux des moines. Elle tombe par hasard (selon elle, ce n'est pas un hasard) sur les manuscrits de l'ancienne abbaye de Montdieu, dans les Ardennes Belges. Sans prévenir personne, elle quitte son appartement parisien et disparaît pendant de longs mois. Aucune nouvelle d'elle. On la croit morte ou disparue...et elle réapparaît soudain,

transformée. D'une personne sans cesse en mouvement, elle est devenue d'un calme extraordinaire, comme si elle était apaisée. C'est le cas, d'ailleurs puisqu'elle m'a confié que ce voyage lui avait donné la clef de sa recherche, plus même, le vrai but de son existence.
- Cette histoire est passionnante, maître, mais comment...
- J'y viens. Irina m'a contacté pour la première fois il y a cinq ans. Elle m'a dit vouloir faire de moi son notaire attitré, son exécuteur testamentaire et son confident. Sa fortune étant confortable, elle me rétribuerait mes services de façon convaincante. J'ai été convaincu. Pas seulement par l'argent, le personnage était séduisant, drôle, infiniment humain...et d'une profondeur rare. Notre connivence a été immédiate, mais je sentais bien qu'elle avait toujours une longueur d'avance sur moi, et ce dans tous les domaines. Un jour, elle m'a parlé de ses recherches et de ce fameux but de son existence. Sans me dire ce qu'elle avait pu voir ou rencontrer lors de son voyage à Montdieu, elle m'a enfin ouvert son cœur: elle devait réunir cinq hommes de différentes époques, morts ou considérés comme tels -et ceci est fondamental- dans un lieu connu d'elle seule...et bientôt de vous. De ces hommes, elle ne m'a rien dit ou presque, excepté qu'ils

*avaient tous **l'esprit ouvert**, ce sont ses termes, et que l'on devait conserver la mémoire de leur vie. Par écrit. Elle m'a chargé de rechercher et d'acheter en son nom les demeures où ils avaient vécu, afin disait-elle, de conserver leurs traces de vie... Je ne vous cache pas que j'étais troublé, car si Irina disait vrai, ces hommes qui n'étaient plus vivants, n'étaient pas davantage morts. Elle a refusé de m'en dire plus, seule une autre personne aurait accès à l'ensemble des données. Pour écrire ces vies et les garder à tout jamais. Vous, Monsieur Molotov.*
- Moi ? Pourquoi moi ?
- Parce que vous avez sauvé la petite fille d'Irina dans des circonstances pour le moins étranges (12) et que cette petite fille lui était infiniment précieuse. Irina vous suit avec intérêt depuis cette époque et elle a décidé de vous léguer sa fortune et ses biens à la seule condition que vous soyez celui qui écrirait et garderait l'histoire et la mémoire de ces hommes, qui concentraient en eux une petite partie de l'humanité.
- Comment dois-je faire pour accepter tout cela ?
- C'est très simple, Monsieur Molotov. Dans cette lettre cachetée se trouvent toutes les indications concernant le lieu secret où vous devez vous rendre, ainsi que le descriptif complet de votre...appelons cela ...mission. Si

vous l'ouvrez, je considérerai que vous acceptez. A partir de ce moment, je vous délivrerai les titres de propriété de vos nouveaux biens et je procéderai au virement des fonds sur votre compte bancaire. C'est très simple, voyez-vous.
- Mais je pourrais très bien simuler et garder pour moi cette fortune sans respecter mon engagement...
- Irina était persuadée que vous êtes un homme qui tient ses engagements. Mais elle était aussi prudente. Vous le constaterez sur place.
Je sais désormais tout ce qu'il m'est nécessaire de savoir. J'hésite une poignée de secondes et mes doigts tremblants se posent sur la grande enveloppe kraft. Un soupir. Je la saisis de la main gauche et d'un coup, je la décachette. En acceptant l'héritage de la princesse Irina et sa condition, je deviens d'un coup potentiellement très riche et très perplexe sur ce que j'ai à réaliser...Je repense à la fille de la forêt, en Norvège, qui s'était évaporée après m'avoir fait tué un ours avec un coutelas d'ivoire *(12)*. Ce sublime souvenir, les yeux de la fille surtout, me font enfin sourire et mes mâchoires se décrispent.

***

17 septembre 2009

L'endroit me laisse sans voix. Un vallon verdoyant désaltéré par un ruisseau d'eau claire qui donne envie d'arrêter le vin. C'est dire. Pour arriver là, j'ai enfourché ma vielle XT 500, une moto de la fin des années soixante-dix, fiable et rustique, seule monture digne de ce périple. La lettre d'Irina précisait que je devais m'arrêter face à l'abbaye, ou du moins ce qui en restait, et m'imprégner de la majesté du lieu. Une foule de sensations m'envahit, la certitude d'arriver dans un endroit de paix et de profondeur. J'écoute le silence. Mon silence. Et naturellement, comme guidé par un fil invisible, je contourne les anciens bâtiments encore debout et j'arrive au bout d'une prairie qu'un vent léger ébouriffe. Rien. Ni personne. J'ai soudain le sentiment que l'on m'observe et je me retourne pour croiser le regard aigu d'un homme à la stature impressionnante.

- *Je vous attendais. Depuis presque neuf siècles...la dame m'a longuement parlé de vous.*
- *Vous parlez d'Irina ?*
- *Oui, la princesse Irina. Elle m'a ordonné de vous tuer si vous n'étiez pas celui que nous attendions.*

De la manche de sa cape de laine jaillit un stylet au tranchant effilé.

– *Je crois être celui-là. J'en suis même sûr.*

L'homme me scrute de longues minutes, puis il rengaine la lame.
- *Je le crois aussi. Mais j'en serai certain bientôt. Venez.*
Il me précède sur quelques mètres et m'indique un carré sombre dans l'herbe, caché sous un vieux saule. Il soulève la trappe de bois qui donne sur un escalier de pierre. J'entre. La salle voûtée renferme peu de meubles mais c'est la table qui attire mon regard, la table autour de laquelle quatre hommes assis me dévisagent. Le cinquième, celui qui m'a accueilli, vient se joindre à eux. Je reste là, seul au milieu de la pièce quand un frôlement me fait me retourner. A trois mètres de moi, un énorme loup gris me fixe, les crocs découverts. Une goutte de sueur perle sur ma tempe, je réalise soudain que je n'ai aucune chance de survie face à un animal si puissant. Il s'approche, et s'approche encore, à me flairer. Les cinq hommes observent la scène sans mot dire. Le loup s'assoit et me lèche la main. L'homme à la cape se lève d'un bond et me crie:
- *Tu es bien celui que nous attendions. Sois le bienvenu. Et viens donc t'asseoir à notre table, j'ai des choses à te dire, des choses à t'expliquer, nous en avons pour quelques heures. Je m'appelle Horace et voici ceux dont tu auras l'honneur de retranscrire les vies...*

Je fais la connaissance de Minoru, de Milton, de Jack et du soldat sans nom. Le loup me quémande quelques brins de nourriture et Horace me parle longuement. D'Irina, de son but, de la sphère glacée qui trône au fond de la salle. Chaque nuit, Horace va y dormir, et chaque matin il constate qu'il n'a pas vieilli. Il en est de même pour les autres arrivants et pour le loup. Horace ne s'explique pas ce miracle, pas plus qu'Irina. Elle lui a simplement dit qu'elle s'était réveillée un matin avec la nécessité dans la tête de le retrouver, lui Horace et ses compagnons. Tout semblait venir de la sphère, et personne n'était capable de savoir pourquoi. Je me lève de table, le loup à mes côtés. Je marche vers l'objet de métal d'un pas lent. Soudain, la surface s'ouvre et j'entre, sans craintes. A l'intérieur, hormis les couchages destinés à mes hôtes, il n'y a rien. Rien qu'un souffle léger qui me glisse dans la conscience que tout cela n'est ni bien, ni mal. Juste une nécessité. A cet instant, j'ai le sentiment que la sphère creuse n'est que la mémoire du monde, la grande bibliothèque où les vies des hommes sont racontées par les poètes, les mages et les rêveurs. Je rejoins la table, toujours escorté du loup, je sors mon carnet couvert de notes, un stylo à l'encre frétillante et je regarde Minoru dans les yeux. Il sourit, humble et serein, puis il commence à parler. Je prends des notes toute la nuit, sur chacun d'entre eux et le sommeil me surprend, m'écrasant la tête sur la table, merveilleux oreiller de bois. Le loup, couché à mes pieds, garde mon sommeil et mes rêves.

Esthétique du cambouis

Hors du temps

Je n'ai pas trahi mes rêves d'enfant. Et j'en suis fier. Les songes construits alors se sont réalisés et je sais maintenant qu'il y a deux façons d'avoir les mains sales. La première, ne rien faire en regardant le monde qui crie, et aborder la vie de façon raisonnable, en fermant les yeux aux beautés trop crues et dérangeantes des poésies quotidiennes.

La seconde, plonger avec délice dans les entrailles d'un monocylindre repu de sa gloire passée. On peut lire dans les yeux de ses soupapes brillantes la nostalgie de Monza ou de l'Ile de Man, les antiques vibrations procurées par des records du tour plein de sueur et de trouille. Cette seconde manière est une manière propre de se salir les mains. A condition qu'une fois le moteur réglé, on s'ouvre à d'autres réalités. Mes expériences passées ont empilé les cicatrices sur mes certitudes, les dénudant au sang, sans jamais me faire douter de la vie, de cette vie qui s'insinue partout sous de multiples formes. Si l'on sait rester suffisamment naïf face aux appâts du monde, les temps et les lieux s'effacent, des portes s'entrouvrent qu'il faut ouvrir. La clef de quatorze posée sur l'établi, je peux aller retrouver Milton et Jack, Minoru et Maître Horace ou le soldat sans nom. Là bas, certaines nuits, l'ombre d'un grand loup glisse sous les arbres. Ne craignez rien, ce n'est qu'une ombre qui file sous la lune. Au creux du val de Montdieu, le temps qui passe et l'herbe douce, la pluie du ciel et l'eau qui coule ont su bâtir un havre. Là-bas, des mémoires secrètes s'enroulent en spirale autour d'invisibles piliers. Et les mots qui s'écrivent parlent de la vie des hommes, enchâssée à la terre par les crocs de l'amour.

Notes

(1) Voir la nouvelle «Communion mortelle ».

(2) Complies: Dernière prière de la journée pour les moines, après le coucher du soleil.

(3) Ronin: Samouraï sans maître. Le ronin pouvait vendre ses services comme mercenaire, garde du corps.

(4) Dojo: Salle d'art martial.

(5) Ryu: École traditionnelle de Budo.

(6) Senseï: Maître de Budo.

(7) Heure du lièvre: Entre cinq et sept heures du matin.

(8) Obi: ceinture du kimono.

(9) Kamis: Esprits attachés à la nature dans le shintoïsme.

(10) Mohawk: Peuple amérindien du Nord-Est des États-Unis.

(11) Adirondacks: Massif montagneux du nord-est des États-Unis.

(12) Voir la nouvelle «Une rencontre» dans le recueil « Huit Nouvelles D'ailleurs » paru en 2001 aux éditions Le Manuscrit.

*Achevé d'imprimer au mois de janvier 2020
par Books on Demand GmbH, Norderstedt, Allemagne.*